Kerstin Kordtomeikel

Engelblut – Die Rache der Toran

(Bisher unveröffentlichte, unbearbeitete und, kostenpflichtige Leseprobe)

AF192055

Herstellung und Verlag:

Books on Demand GmbH, Norderstedt

ISBN 978-3-8391-5239-3

Zu diesem Buch

Sehr geehrter Leser und Leserin!

Bei dieser Ausgabe handelt es sich um eine bisher unveröffentlichte und unkorrigierte Leseprobe, der Autorin Kerstin Kordtomeikel.

Das Buch ist ihrer Tochter Eileen gewidmet, die mit Begeisterung regelmäßig die Entstehung des Fantasyromans verfolgte und so manches Mal die kostbare Zeit mit ihrer Mutter zurückstecken musste.

Ebenso ihrem Mann Jens, der den Zeitaufwand für dieses Werk unterstützte. Die Textinhalte dieser Leseprobe wurden von der Autorin eigens erstellt und werden bei ungefragter Veröffentlichung sowie Vervielfältigung durch Dritte, als rechtswidrig geahndet.

Die Leseprobe gibt dem Leser einen Einblick in den hier angepriesenen Fantasyroman „Engelblut – Die Rache der Toran"

Die Autorin arbeitet derzeit an der Fortsetzung des ersten Romans, sodass mit einer Veröffentlichung eines zweiten Romans zu rechnen ist. Viel Spaß, in der Welt der Churabs, Torans und...

Prolog

Diese verdammte Stadt treibt mich noch in den Wahnsinn, und wenn ich

hier nicht bald herauskomme, werde ich für nichts mehr garantieren ...Die

Wohnung, die Menschen, diese Stadt ... alles Heuchler, die nicht imstande

sind ohne die „ach so tolle Gesellschaft" und ihren Grundsätzen,

zurechtzukommen. Wen interessiert es schon, was sein Nachbar macht.

Die Lebensphilosophie lautet: „Jeder ist sich selbst der Nächste" und baut

auf einen wahren Egoismus auf. Türen knallen über mir, weil ER mal

wieder zu Hause ist und SIE ihm mal wieder

Vorhaltungen macht, dass sein Job mit einem Familienleben nicht tragbar

wäre. Nach weiteren fünf Minuten knallt schließlich die Haustür, SIE wird

ins Auto steigen und für mindestens zwei Stunden wegfahren. Ruhe wird

einkehren und von oben erklingt dann laut das Fernsehprogramm.

„Krückenmann", der Nachbar unter mir, wird wahrscheinlich wieder

neugierig am Fenster hängen und dem Geschehen folgen. Man darf ja bloß

nichts verpassen, unabhängig davon ob es schon 23.40Uhr ist und die

Mehrheit an diesem Donnerstag wahrscheinlich schon schläft, um sich wieder „fit" am nächsten Tag ins Arbeitsleben zu stürzen. Ich könnte kotzen, wenn ich aus dem Fenster blicke und mir diese Graffiti verschmierten Häuser auf der gegenüberliegenden Seite ansehen muss. Der verschluderte Bahnhof mit seinem ganzen Müll und den Junkies, die regelmäßig ihre Spritzen dort wegwerfen und ihr Leben gleich mit. Die Schornsteine der Fabrik arbeiten auf Hochtouren und gelegentlich erstrahlt der Himmel durch die kurz geöffneten Hochdrucköfen in einem Hellen gelb- orangefarbenen Ton. Als ob die Engel persönlich auf die Erde herabsteigen und mit ihrem warmen Licht umgebend, den Menschen einen Besuch abstatten wollen. Gott sei Dank tun sie es nicht, denn sie wären fassungslos, wenn sie sehen würden wie schmutzig und boshaft diese Stadt geworden ist. Eine fabrikverseuchte Stadt, umringt von Schmutz und Müll, in dem die Ratten ihr Neues zuhause gefunden haben, eine Stadt mit einer Mischkultur, in der Gewalt und Kriminalität schon lange nicht mehr unter Kontrolle sind, das umschreibt diese Stadt, die Stadt Duisburg.

Kapitel 1

Manuel lebte nicht immer in Duisburg, sondern wuchs in Oppum auf, einem kleinen Vorort von Krefeld. Sein Job verschlug ihn nach Duisburg. Laut seinem Chef nur für ein Jahr und um sich nicht tagtäglich auf der Autobahn mit den Berufspendlern herumschlagen zu müssen und wertvollen Schlaf durch ein relativ früheres Aufstehen zu opfern, entschied sich Manuel dafür, eine Wohnung in Arbeitsnähe anzumieten. Dies war vor gut 2 Jahren und ihm fehlte das *idyllische* Oppum.

Dort kannte er viele Leute, jedes Eckchen und verlebte eine herrliche Kindheit samt Jugendzeit. Auch empfand er Oppum einfach als sauberer und die Luft war nicht durch irgendwelche Fabriken so dermaßen verpestet, auch wenn sich die wirtschaftliche Struktur im Gegensatz zu früher schon enorm verändert hatte. Einiges wurde geebnet, Neubaugebiete mit Einfamilienhäusern gebaut, für die manche Felder und Äcker weichen mussten, dennoch in seiner Kindheit gab es viele wunderbare Orte und Geheimverstecke, an denen man mit den Freunden die besten Holzhütten bauen konnte, Apfelbäume und Kirschbäume ein wenig ihres Gewichts erleichterte und auch an den Bahndämmen spielen, mit der bürgenden Gefahr irgendwann von der Bahnpolizei erwischt zu

werden. Selbst im Winter, zu dieser Zeit gab es noch deutlich mehr Schnee

als heutzutage, wenn man morgens aufstand erstrahlten, mehr als nur 2

cm hohe schneebedeckte Straßen, Gärten und Felder, die regelrecht zum

Schneeabenteuer einluden, war dieser kleine Vorort der ideale *Spielplatz*

für Kinder und Jugendliche. Kleinste Hügel wurden zum Rodeln genutzt,

ein gebauter Schneemann mit sämtlichen Elementen bestückt, die ein

Sicherstellen ob Männlein oder Weiblein, widerspiegelten und auch der

Schnee-Engel sowie das einseifen mit Schnee, gehörte samt nasser

Kleidung und nicht seltenem Ärgernis der Mutter, wenn die Schuhe mit

Schnee befüllt die Wohnung einnässten, zum alltäglichen Ritual.

Ahnungslose Passanten traf gelegentlich mal ein Schneeball, für den

natürlich niemand verantwortlich war und aus Bäumen rieselte ganz

unerwartet plötzlich eine Menge Schnee herab, dennoch wurde dies mit

Humor getragen, genauso wie die Wasseraktionen mit der Spritzpistole im

Sommer. Ein friedliches Dörfchen, das war Oppum. Geschäfte für den

alltäglichen Bedarf, ein Bahnhof 3 Kirchen, ein Friedhof, Schulen und jeder kannte fast jeden irgendwie. Mit dem Gedanken an diese Zeit zurück, stand Manuel vor der Spüle und wollte sich gerade ein Glas Wasser einschütten, als er ein seltsames schrilles Quietschen hörte. Zuerst nahm er es gar nicht wahr, weil es so hell war, aber er spürte einen unangenehmen Druck im Ohr und registrierte, dass von irgendwoher ein seltsames Quietschen kam. Es war so, als würde etwas Spitzes über ein Metall kratzen, ähnlich wie in diesen Freddy Krüger Filmen, in denen der gute Freddy mit seinem Handschuh, der anstelle der Finger mit Messern bestückt war, über ein Stück Metall oder Rohr kratzte, nur deutlich lauter und noch schriller. Manuel versuchte das Geräusch zu orten. Vielleicht war es auch mal wieder diese altmodische Heizung, welche mit Sicherheit schon seit Jahrzehnten mit ihren veralteten Rohren in dieser Wohnung verweilte und nur darauf wartete irgendwelche Schäden anzurichten, mit ihren vermoderten Rohren. Nur zu oft schon gab sie die seltsamsten Geräusche wie ein pfffft oder ein Blubbern von sich. Auch machte diese von Zeit zu Zeit regelrecht pfeifende Töne, aber so etwas Schrilles, Grelles, gab sie bisher noch nie von sich.

>>Vielleicht ist auch irgendwo eine Ratte zwischen die Heizungsrohre

gelangt. Zurzeit häuften sich die Biester hier und nun steckt sie fest, oder verbrühte im heißen Wasser der Rohre. << Allerdings wäre ein so schrilles Geräusch für einen Rattenschrei doch etwas unrealistisch, überdachte Manuel. Er verlies die Küche und schaltete im Wohnungsflur so wie im angrenzenden Bad das Licht ein und versuchte weiterhin das Geräusch zu orten. Der Druck auf seinen Ohren ließ nicht nach und gelegentlich hatte er das Gefühl als wolle dieser schrille Ton mit aller Gewalt in sein Kleinhirn eindringen. Ein Gefühl aus fast ohnmächtig werden und hellem Schmerz überkam ihn dabei. Im Bad wurde der Ton leiser, und als Manuel den Flur betrat, schien es fast neben ihm zu sein. Doch neben ihm war lediglich eine Kommode, bei deren Anblick ihm einfiel, dass er deren Inhalt schon vor ein paar Wochen aussortieren wollte, um beim Öffnen nicht jedes Mal von einem Schwall unsortierter Papiere, Briefe und anderen Dokumenten erschlagen zu werden. Hinter der Kommode kam direkt die Wand, welche den Flur vom Schlafzimmer trennte. Das Geräusch schien aber definitiv genau an dieser Wand lauter zu werden, aber woher sollte es kommen und vor allem WAS sollte es sein?

Im Hausflur knallte eine Türe und genau, wie Manuel es vorher gedacht hatte, kam die Nachbarin von oben um dem typischen Werdegang des Streitgespräches mit ihrem Mann Folge zu leisten. >>Wie berechenbar doch manche Menschen sind<<, murmelte Manuel vor sich hin und eilte zur Wohnungstür. Er vergewisserte sich, dass es die Nachbarin war, indem er durch den Türspion schaute und öffnete dann die Tür um die Nachbarin abzufangen. Gerade als sie die Stufen herunter kam und praktisch vor seiner Wohnungstür war, öffnete Manuel schnell die Türe. Sie wirkte für einen kurzen Moment etwas erschrocken und Manuel überspielte dies mit einem >>ich wollte gerade zu ihnen nach oben kommen und nachfragen ob sie auch dieses schrille Geräusch bei sich in der Wand hören. << Irgendwie kam er sich in diesem Moment etwas lächerlich vor, hielt aber dennoch tapfer seine Stellung. Die Nachbarin schaute ihn etwas ungläubig an und Manuel fiel nun auf, dass sie trotz ihres relativ jungen Alters, sie war, irgendwo zwischen Mitte 30 bis 40 Jahre schätzte er, relativ Alt wirkte. Im ersten Moment schien es, als sei sie bereits 60 und wäre Opfer einiger Schönheitsoperationen geworden, die nicht anschlagen wollten und dabei statt einer positiven Verschönerung, nur noch mehr Unheil gebracht

hätte. Ihre Haut wirkte trocken, faltig und hatte einen leicht gräulichen

Ton, der durch das unregelmäßig verteilte Make-up und der verschmierten

Wimperntusche aussah, als hätte sie zudem Modell bei einem vier jährigen

Kind gestanden, das an einer lebensechten Puppe seine Ersten

Schminkerfahrungen sammeln wollte. Die Nachbarin wirkte nervös und

zugleich auch ungeduldig, sah Manuel mit einem schulenden Blick an, als

sie ihm mit den Worten entgegnete >>nein bei mir ist kein schrilles

Geräusch in der Wand und ehrlich gesagt habe ich dafür auch jetzt keine

Zeit für so etwas unparadoxes. Das Haus ist alt und Marode, es führt ein

Eigenleben, entweder man akzeptiert es, oder man geht. << Mit diesen

Worten schwang sie sich auch gleich zu den nächsten Stufen herunter, und

ehe Manuel sie fragen konnte, was sie mit Eigenleben und Akzeptieren

meine, hörte er schon, wie sie die Türe unten heraus war. >>Völlig

verrückt, << dachte Manuel und schloss seine Wohnungstür. Er blieb

einen Moment wie erstarrt stehen und merkte, dass irgendetwas sich

verändert hatte. Das Geräusch, es war weg. Manuel drehte den Kopf nach rechts, dann wieder nach links, versuchte irgendetwas zu hören und lauschte in die Stille, aber es war nichts mehr zu hören. Dieses grelle, schrille Quietschen war verschwunden und auch der Druck in seinen Ohren. Er ging zur Wand in den Flur, legte seinen Kopf an die Wand und erwartete irgendetwas zu hören, aber nichts. Er spürte lediglich die Wärme der Wand, die wohl durch die Heizungsrohre absorbiert wurde. Manuel schüttelte den Kopf und überlegt nur noch einen kurzen Moment, ob das Geräusch schon verschwunden war, als er mit der Nachbarin sprach, oder ob es da noch zu hören war. Er konnte sich aber nicht erinnern und versuchte das Ganze dann doch als irgendeine Störung der Heizung abzuwiegeln, um mit diesem Gedanken dann nun endlich schlafen zu gehen. In dieser Nacht schlief er sehr unruhig. Er wurde immer wieder kurz wach und hatte das Gefühl, als wäre die Heizung voll aufgedreht, denn er schwitzte enorm und das mitten im Winter. Es war halb 3 nachts, als Manuel aufstand und die Heizung ausdrehen wollte und dabei feststellen musste, dass diese überhaupt nicht an war. Er überlegt kurz, ob er vielleicht krank sei, aber er selber war weder heiß, sodass man dies mit

Fieber hätte erklären können, noch tat ihm irgendetwas weh. Es war

lediglich eine enorme Wärme im Raum, die vergleichbar mit schwülen

Sommertagen wäre, in denen man sich abends schwitzend im Bett wälzt.

Er wollte in die Küche um sich etwas zu trinken zu holen. Als er die

Türklinke herunterdrückte, merkte er, dass die Tür sich nicht öffnen lies.

Er zog an der Türe und schob ihre Sperrigkeit auf den Teppich, der schon

ein wenig ausgefranst war, da er bisher immer versäumt hatte, eine

ordentliche Abschlussleiste anzubringen, aber der Teppich schien nicht der

Grund zu sein. Zumindest hätte sich bei seinem Ziehverhalten wenigstens

irgendetwas regen müssen, aber es schien so, als ziehe jemand oder *etwas*

so sehr auf der anderen Seite an der Türe, sodass er sie nicht aufziehen

konnte. >>Das kann doch nicht wahr sein, << dachte Manuel laut. Er

versuchte sich innerlich zu beruhigen, um einen klaren Kopf zu

bekommen. Er überlegte kurz, ob er nach Hilfe rufen sollte, aber da dieses

Haus und seine Mitbewohner sich nicht sonderlich für sein Umfeld

interessierte verwarf er seine Chancen auf Unterstützung. Selbst wenn ihn

jemand gehört hätte und Hilfe geholt, wie albern hätte es dann ausgesehen, wenn es doch der Teppich gewesen wäre oder die Türe sich plötzlich

wieder öffnen lies? Nein, er musste eine andere Lösung finden. Ihm war

unheimlich heiß und sein Shirt war schon leicht durchnässt. Zuerst einmal

kam ihm der Gedanke, das Fenster zu öffnen, um nicht weiter unter dieser

Hitze zu leiden. Zu seinem Erstaunen lies es sich problemlos öffnen und er

machte es nicht nur auf Kippe, sondern öffnete es komplett.

>>Wenigstens etwas, << dachte er sich und merkte wie die Kälte von

draußen seinen warmen Schweiß in der Kleidung und am Körper zu

kaltem Schweiß umwandelte. >>Na prächtig<< dachte er, >>so hole

ich mir jetzt auch noch gleich eine Erkältung hinzu<<, aber das war ihm

angesichts der Situation irgendwie nun doch egal. Als er sich gerade

wieder umdrehte und zur Tür wollte, um einen erneuten Versuch zu

starten, vernahm er ein leises Wispern, fast so, als würde ihm jemand

etwas zuflüstern, was entweder in einer anderen Sprache war oder aber so

leise und undeutlich, dass er es nicht verstand. Er stockte in seiner

Bewegung und tausend Gedankengänge machten sich neben seinem

Herzrasen in ihm breit. Er fragte sich innerlich, ob er nun verrückt wird, ob er vielleicht nur träumt und das auf eine ziemlich realistische Art und Weise, oder ob da wirklich etwas war. Da war es schon wieder, dieses Wispern und plötzlich kam das ihm schon bekannte schrille Geräusch hinzu, aber diesmal nicht von drinnen, sondern von draußen, und es schien von irgendwoher immer näher und näher zu kommen, mit einer rasenden Geschwindigkeit. Manuel wurde es schwindelig, in seinem Kopf kreiste alles, so als wäre er tausend Stresssituationen ausgesetzt und seine Atmung wurde mit einem Mal sehr schnell. Er wollte das Fenster schließen, gerade als in diesem Moment ca.50 Meter vor ihm ein *Ding* ein etwas Unbeschreibliches, auftauchte und kleiner als ein erwachsener Mensch aber größer als ein 10 jähriges Kind war. Es wirkte grazil in seiner Bewegung aber dennoch erschreckend in seiner Statur. Es kam näher und ihm folgten weitere dieser Kreaturen und auch das schrille Geräusch wurde immer lauter, so als seien es Echowellen, Signale, die sich diese Kreaturen untereinander übermittelten, um so zu kommunizieren. Das *Ding* kam immer näher und Manuel erkannte erst jetzt, dass es Flügel zu haben schien, die denen eines Engels glichen. Genau so, wie man sie ihnen immer wieder auf Bildern oder Figuren aufsetzt, nur einfach viel Gigantischer. Das

Gesicht war sehr bleich, einerseits zart und doch wiederum markant, nicht

zu erkennen ob weiblicher oder männlicher Natur und die Augen

erstrahlten in einem unsagbar hellen blau, wie Manuel es noch nie vorher

gesehen hatte. Es wirkte als wollen diese Augen leuchten, gleich einer

Taschenlampe, die im Dunkeln den Weg erhellt. Er konnte sich nicht regen

und stand wie versteinert vor dem Fenster, innerlich voller Angst vor

diesem Wesen, dass wie er jetzt erkannte, von den anderen Kreaturen

verfolgt wurde. Er erkannte auch sie nun deutlicher und blickte in eben-

falls bleiche Gesichter, aber mit einer solchen Boshaftigkeit gespickt, wie

man sie niemandem wünscht. Ihre Augen waren Blutrotunterlaufen und

spitze Zähne spickten ihre eingefallenen Gesichter. Auch sie trugen Flügel

von enormer Weite, dennoch anders, als die des voranfliegenden Wesens.

Ihre Füße zierten Riesenkrallen und ihre schwarzen glänzenden Haare, die

streng zurücklagen, wirkten als wären sie mit haufenweise Gel so an-

geklebt, dass sie schon glänzten und kein Wind sie hätte

durcheinanderbringen können. Manuel schaltete erst jetzt so richtig, dass sie das voranfliegende Wesen scheinbar jagten und im gleichen Moment

gewann er wieder die Kontrolle über sich und seinen Körper und wollte

das Fenster schließen, als das erste Wesen, das zarte und grazile,

hindurchgelangte und mit einer ihm fast kaum registrierbaren

Schnelligkeit das Fenster schloss. Er sah, wie die anderen Kreaturen näher

kamen und schon fast vor seinem Fenster waren, als ein grelles Licht den

Raum einfasste, so hell, dass er dachte, er müsse nun erblinden, doch im

Gegensatz zu seiner Erwartung wurde ihm schwarz vor Augen, er spürte,

wie erneut Schweiß in ihm aufstieg, ihm schwindelig wurde und fiel dann

wie ein schwerer Sack zu Boden. Er hörte wie dieses Wesen in seinem

Schlafzimmer zu ihm sagte >>Hab keine Angst, alles wird gut, ich

komme wieder und werde mich erkenntlich zeigen. << Plötzlich fühlte

Manuel, wie ihn eine Wärme umschloss, und hatte das Gefühl wie in Watte

umhüllt, emporzuschweben. Es war ein angenehmes Gefühl, auch wenn er

nicht im Stande war, sich zu regen oder die Augen zu öffnen. Erneut wurde

ihm schwindelig, bevor er letztendlich komplett das Bewusstsein verlor.

Ein konstanter Piepton riss Manuel mit einem Schrecken aus den Kissen.

Sein Herz raste, um ihn herum drehte sich alles und er brauchte einige

Sekunden, bis er feststellte, dass er in seinem Bett lag und dieser konstante

Ton von seinem Wecker ausging. Er drückte den Alarmknopf auf aus und

ließ sich wieder in sein Kopfkissen zurückfallen. In seinem Kopf herrschte

das reinste Durcheinander, er fühlte sich wie frisch zermatscht und es

schwirrten plötzlich tausend Gedanken in ihm herum. Er war mit einem

Mal hellwach und musste an die vergangene Nacht denken, an die

verschlossene Türe, diese komischen Kreaturen, das grazile und zarte

Wesen, an das grelle Licht und die Worte dieses Wesens. Er überlegte

erneut und redete sich gut zu, dass er alles nur geträumt habe. Es wäre zu

fiktiv so etwas in Wirklichkeit zu erleben. Außerdem hatte er die letzten

Wochen fast durchgearbeitet und viele Überstunden gemacht, worauf er

seine, durch die Übermüdung aufkommenden Fantasien schob. Er fühlte

sich wie gerädert und überlegte, ob er in der Firma anrufen sollte, um sich

den Tag freizunehmen. Ein verlängertes Wochenende und Ruhe würde ihm

Wahrscheinlich mal gut tun. Kurzerhand sprang er aus dem Bett und ging

zum Telefon. Da die vielen Überstunden sowieso nicht ausbezahlt wurden, sondern in freie Tage umgesetzt, rief er auf der Arbeit an und gab seinem

Arbeitskollegen und zugleich bestem Freund Stefan, Bescheid das er heute

mal einen Tag Auszeit benötige und rein hören wollte, wie die Besetzung

heute sei. Stefan sagte >>es muss zwar ein bisschen umorganisiert

werden, aber es ist machbar.<< Er erkundigte sich noch bei Manuel, ob

er denn am Abend dennoch mit auf Tour kommt, -Freitags gingen er und

noch ein paar andere Arbeitskollegen immer Darten und danach noch was

trinken- aber Manuel konterte mit einem >>ich weiß noch nicht, ich

muss mal schauen und melde mich ..., << als ihm plötzlich die Worte im

Halse stecken blieben. Stefan bemerkte das abrupte Ende des Satzes und

fragte Manuel, ob alles Ok sei. Manuel sagte nur >>Die Türe, sie war

offen.<< Stefan zischte mit den Zähnen und sagte >>Kumpel, alles klar

bei Dir?<< Manuel erwiderte ein *JA* und sagte >>ich mach dann mal

Schluss, bis später, ich melde mich dann noch wegen heute Abend.<<

Dann legte er auf und ging gezielt auf seine Schlafzimmertüre zu. Er

überlegte kurz und war sich dann zu einhundert Prozent sicher, dass er

die Schlafzimmertüre gestern Abend geschlossen hatte, so wie er es im

Winter jeden Abend machte, damit die Kälte nicht in das Schlafzimmer

zieht. Als er heute Morgen aufstand, war sie aber offen, das gestand er sich

mit großer Sicherheit ein. Dann dachte er wieder an seinen Traum, oder

war es doch kein Traum? -und das Erlebte letzte Nacht? Es fing alles mit

diesem schrillen Quietschen an und auch seine Nachbarin hatte er doch

angesprochen ... Er war sich plötzlich sehr unsicher, ob das, was seit

gestern Abend passiert ist, nun der Realität entsprach, oder ob er nun

vollständig durchdrehte. Er beschloss später seine Nachbarin einmal zu

fragen, zwar nicht gezielt, denn falls er sich das alles nur eingebildet hat,

wäre dies eine peinliche Situation, aber er würde sie vielleicht einmal nach

nervigen Geräuschen, die von der Heizung ausgehen könnten, fragen.

Manuel beschloss nun erst einmal zu frühstücken, bevor er im nahe

gelegenen Park eine Runde joggen geht. Dies würde ihn zumindest ein

bisschen ablenken und ihn vielleicht auch wieder nach einem ausgiebigen

Duschen ein wenig erfrischen. Er joggte schon seit dem er hier hergezogen

ist, zwar nicht regelmäßig, aber bei freier Zeit und Laune, raffte er sich

gelegentlich dazu auf, um seinen Körper ein bisschen fit zu halten.

Außerdem kam er so auch mal zwischendurch aus seinen vier Wänden heraus und lernte nebenbei die einen oder anderen Menschen kennen. Sein größtes Ärgernis waren allerdings die Hundehaufen, die nicht selten genau auf dem Laufweg platziert wurden und geradezu einladend waren um in sie hinein zutreten. Selbst im Winter, wenn alles gefroren war, fand man diese Hundehaufen in den unterschiedlichsten Größen und Konsistenz vor. Oftmals fragte sich Manuel warum diese teils flüssigen *Stinkhaufen* wenigstens im Winter von den Hunden nicht schon gefroren ausgeschieden werden konnten und ganz oft stellte er sich zudem die Frage, was die Hundebesitzer eigentlich in der Zeit machten, wo ihre *lieben Pfiffis* mitten auf den Gehwegen koteten? So früh wie an diesem Morgen, hatte Manuel schon lange nicht mehr gefrühstückt. Normalerweise fuhr er gegen halb 7 und frühstückte dort nicht vor 10 Uhr. Jetzt war es gerade einmal 7Uhr und er hatte immensen Hunger. Die letzte Nacht musste seinem Körper so zugesetzt haben, dass er eine Menge Energie verloren hatte, die der Körper jetzt zurück verlangte. Bei seiner hageren Statur machte dies allerdings auch nicht viel aus, denn mit seinen 1,82m wog er vielleicht gerade einmal

75Kg. Er konnte im Gegenzug zu anderen Menschen essen, soviel und was er wollte, ohne dabei großartig zuzunehmen. So manch eine Frau wünscht sich solche Voraussetzungen vielleicht, aber als Mann fand Manuel, sollte doch ein gewisser Grad an Körpermasse vorhanden sein. Dennoch, er konnte an seinem körperlichen Äußeren nicht viel ändern. Er hatte sich bereits mehrmals deswegen beim Arzt durchchecken lassen, aber alle Untersuchungen ergaben, dass er vollkommen gesund ist. Er legte zwei Toast in den Toaster und wartete schon sehnsüchtig auf den Kaffee, der scheinbar Ewigkeiten in der Kaffeemaschine brauchte. Sie dampfte und schnaufte, als läge sie in den letzten Zügen und Manuel gestand sich ein, dass er sie vielleicht einmal wieder entkalken müsste. Allerdings spielte er auch seit geraumer Zeit schon mit dem Gedanken, sich vielleicht eine neuere, einen Kaffeevollautomaten, wie er dauernd in den Werbungen als schier unverzichtbares Produkt angepriesen wird zuzulegen, denn was gibt es Bequemeres als Morgens mit halb blinden Augen aufzustehen, lediglich ein Kaffeepad einzulegen und in wenigen Minuten seinen Kaffee genießen zu können. Am Mittag würde er vielleicht einfach mal in die Stadt fahren und sich die unterschiedlichsten Kaffeevollautomaten ansehen. Er besaß

noch einen Gutschein eines renommierten Kaufhauses, in dem er eigentlich

selten etwas einkaufte, aber da dieser seit seinem letzten Geburtstag nun

schon eine Ewigkeit darauf wartete endlich eingelöst zu werden, wäre die

Anschaffung des Kaffeevollautomaten in Verbindung mit dem Gutschein

wenigstens eine sinnvolle Aktion. Er dachte noch ein paar Momente über

sein Vorhaben nach, als im Radio über irgendeinen seltsamen Fund

gesprochen wurde, der sich ganz in seiner Nähe befand. Das Frühstück tat

mehr als nur gut und sein Körper schien die Energie, die er über Nacht

wohl aufs immense verloren hatte, richtig aufzusaugen. Einigermaßen fit

und mit dem Ehrgeiz seinem Körper mal wieder etwas Gutes zu tun, stieg

er in seine Laufschuhe. Normalerweise hätte er das Frühstück samt Teller,

Brot und Aufschnitt, nebst dem Chaos das er beim Eindecken verursachte, -

das Kaffeepulver lag verstreut auf der Granitimitation, verschmiert mit

Wasser und einem halben Paket Zucker, welches er beim Umschütten in

den Zuckertopf ein bisschen zu ruckartig aufgerissen hatte- weggeräumt,

aber irgendein innerer Drang verlangte danach nun sofort los zugehen und die Aufräumarbeiten auf später zu verschieben. Sonderlich animiert, die

ohnehin schon etwas Farb- und dekorationslose Küche noch vorher

aufzuräumen, war Manuel sowieso nicht und gab somit seinem inneren

Drang frohen Schaffens nach und schwang sich sogleich die Türe hinaus.

Im Hausflur ächzte gerade der *Krückenmann* die Treppen hinunter und

klagte dabei sein *sooo* schweres Leid. Er litt seit geraumer Zeit an einer

schweren rheumatischen Erkrankung, die ihm wie er selber einmal sagte,

extrem in den Knochen zusetzte. Auch Diabetes und Hüftprobleme hatte er

gelegentlich noch zusätzlich im Angebot. Wenn das Wetter an manchen

Tagen dann auch noch ganz auf eisigkalt machte, kam die Gicht und die

damit verbundene Steifheit hinzu, die ihn daran hinderte, seine Taschen

die Treppen weder hinauf noch hinunterzutragen, aber auch nur dann,

wenn ihn jemand dabei sah. Nur all zu oft hatte Manuel den *Krückenmann*

schon im Hausflur an-getroffen, wie er tapfer mit seinen Krücken den Müll

hinunter schleppte um ihn dann später vom Balkon aus ganz agil und ohne

Krücken zum Müllcontainer gehend zu beobachten. Manuel musste jedes

Mal darüber schmunzeln, wenn er diese plötzliche und meist kurzzeitige

Genesung bei dem alten Mann entdeckte, hatte auch oft schon daran

gedacht ihn darauf einmal anzusprechen, aber beließ es dann bei dem

Gedanken, um ihm zumindest das eine, dass er noch hatte, nämlich seine

Krankheiten, mit denen er sich gelegentlich wohl seine Aufmerksamkeit

und wahrscheinlich auch seine einzigen Kontakte zu seinem Umfeld

einholte, zu lassen. Der alte Mann musste auch schon eine halbe Ewigkeit

hier wohnen, zumindest wusste er über sämtliche Details dieses Hauses

bestens Bescheid. Er war ein recht zierlicher Mann von vielleicht 70 Jahren

schätzte Manuel, hatte langes weißes Haar und ein eingefallenes Gesicht.

Seine Wangenknochen stießen spitz hervor und sein Mund wirkte faltig

und eingefallen. Er hatte einen Rundrücken, der im sicher die einen oder

anderen Beschwerden bescherte und wenn er ging, wackelte er wie eine

Ente von der einen Seite zur anderen. Man könnte ihn als eine Mischung

aus der Glöckner von Notre Damme und Einstein bezeichnen. Er gab eine

recht seltsame Figur ab und wirkte zudem wahnsinnig zerbrechlich mit

seinen hauchdünnen langen Fingern und der schmalen Statur. Kaum

hatte der alte Mann Manuel gesehen, fing er schon gleich mit seinem Leid zu klagen an. Wie marode doch das Treppengeländer sei, dass der Fußweg vor der Haustür auseinander bröckelt, die Nachbarn den Flur nicht anständig fegen und von irgendeinem Fund ganz um die Ecke, bei dem man aber nicht wirklich etwas sehen könnte, weil alles so abgeriegelt wäre. Manuel fühlte sich kurz wie in einem Déjà-vu. War da nicht eben auch etwas im Radio von einem Fund? überlegte er. Er grüßte den alten Mann nur mit einem Kopfnicken und huschte seitlich an der Wand an ihm vorbei, um ihm die Möglichkeit zu bieten, sich am Geländer hinauf zu ziehen. Manchmal tat der alte Mann ihm mit all seinen Gebrechen furchtbar leid und er hoffte, dass er im Alter nie so eine Bürde mit sich tragen müsse. Draußen war es etwas windig und die warme Luft im Mund verdunstete beim Ausatmen zu weißen Rauchwolken. Die Sonne startete ihren Kampf zwischen den Wolken mit ihren warmen Strahlen hindurch zukommen und die Luft roch wie immer nach Abgasen. Ideale Voraussetzungen, um NICHT joggen zu gehen, dachte Manuel, setzte sich aber dennoch langsam in Bewegung Richtung Park. Je näher er dem Park kam und somit die etwas stärker befahrenen Straßen hinter sich ließ, nahm er das Vogelgezwitscher der unterschiedlichen Vogelarten wahr. Sie

schienen sich an diesem Morgen eine Menge zu erzählen zu haben, gleich

so, als stünde man auf einem Hauptbahnhof, an dem alle paar Minuten

Reisende eintrafen und abfuhren und dabei alle erlebten Dinge in einem

raus posaunen würden. Wahrscheinlich hatten die Vögel auch schon vorher

ihre Litaneien Erklingen lassen, aber aufgrund des ausgeprägten Verkehrs,

in Manuels Gehör vor seiner Wohnung keinen Klang gefunden. Er genoss

auf jeden Fall das, wenn auch etwas undefinierbar durcheinander

klingende Gezwitscher, der Vogelstimmen und empfand in diesem Moment

so etwas wie ein friedliebendes und befreites Gefühl. >>Frei wie ein

Vogel und über alles hinweg fliegen können, wann man will, das müsste

man sein<<, dachte Manuel. >>Alles einmal von oben betrachten und

die Orte einfach so wechseln, wenn man nicht mehr bleiben will, oder

andere einem tierisch auf den Nerv gehen, das wäre doch eine ideale

Lösung. Dieser große Vorteil war allerdings nur einigen Tieren gegönnt.

Der Mensch muss sich seinen Aufgaben stellen, er hat nicht einfach

wegzufliegen und daher nur Arme und Beine bekommen, aber keine

Flügel<<, sinnierte Manuel. Obwohl es noch sehr früh am Morgen war

und die Sicht anhand der Kälteschwaden begrenzt, schienen dennoch

schon viele Menschen um diese Uhrzeit den Park zu besuchen.

Ungewöhnlich viele Menschen, denn je mehr Manuel sich dem Park

näherte, desto größer kam ihm die Menschenmenge vor, die er erblickte.

Manuel kniff die Augen ein wenig zusammen, in der Hoffnung so ein wenig

weiter durch die Nebelschwaden zu blicken, natürlich mit nur mäßigem

Erfolg. Er konnte nun allmählich den Wasserturm, das Wahrzeichen dieses

Parks erblicken, der mit seinem alten Gemäuer aus dem 15. Jahrhundert

immer mehr und mehr zur Ruine heranreifte, da sich die Stadt viel lieber

um neue Straßen als um historische Bauten kümmerte. Jugendliche und

Obdachlose haben dort schon so manche Nacht verbracht und an

Regentagen dem ein oder anderen einen halbwegs trockenen Unterschlupf

gewährt. Alljährlich fand um den Wasserturm ein Handwerkermarkt statt

mit Ritterspielen, bei dem es allerlei Handwerkskunst aus der

prähistorischen Zeit zu bestaunen gab. Die Händler kleideten sich zudem

mit mittelalterlichen Kostümen und Vereine aus sämtlichen Städten und

Ortschaften kamen angereist um hier ihre Musik, Tänze sowie Kunststücke der Mittelalterzeit vorzuführen. Am beliebtesten waren dabei natürlich die Ritterspiele, bei denen junge Ritter zu Pferd mit einer Gummilanze ein wahres Schauspiel lieferten, wenn sie sich gegenseitig vom Pferd stießen. Wer Lust dazu hatte, konnte sich an bestimmten Ständen ebenfalls in die mittelalterliche Kleidung werfen und sich für ein paar Stunden in die längst vergangene Zeit zurück versetzen. Auch für die Kinder ist der Handwerkermarkt immer ein großes Ereignis, denn von Schminken, bis hin zu diversen Spielen und der großen Rallye rund durch den Park, wird hier ein buntes Programm und Schauspiel geboten. Da der Handwerkermarkt immer am zweiten Frühlingswochenende stattfindet und das Wetter größtenteils über die Jahre hinweg gut mitgespielt hatte, ist dieser Ort an dem Wochenende Anlaufpunkt und Ausflugsziel für viele Familien. Dies gehört zu den wenigen schönen Seiten, die Duisburg zu bieten hat. Natürlich zählen auch der Duisburger Zoo zu einem beliebten Ausflugsort sowie ein paar Museen und die seit erst kurzer Zeit erbaute Legostadt. >>Großartige oder wirklich lohnenswerte

Freizeitmöglichkeiten für Familien, müssen erst noch erschaffen werden << dachte Manuel, als er den Park endlich erreichte. Er war mit einem Mal so in Gedanken versunken, dass er gar nicht merkte, wie er dem Park näher kam und schon gar nicht sah er im ersten Moment den großen Menschenauflauf, der durch ein Absperrband zurückgehalten wurde. >>Na toll<< murmelte Manuel, >>da gehe ich einmal nach längerer Zeit wieder joggen und der Park ist gesperrt. << Wahrscheinlich war das die Geschichte, die Krückenmann ihm vorhin im Hausflur auftischen wollte und ... Manuel stoppte, und blickte irritiert in die Menge. >>Das kann doch jetzt nicht sein, << sagte er laut sprechend. Er schaute noch einmal gezielt auf eine Person und ging näher auf sie zu um sich zu vergewissern, sich das nicht einzubilden. Doch bei näherem Betrachten erkannte er den Mann, den er zu sehen glaubte. Er drückte sich zwischen all den Hälse hochreckenden Menschen, die sich wie aufgescheuchter Hühner auf einen Knubbel zwängten, hindurch und vernahm dabei die unterschiedlichsten Gerüche, die von Schweiß bis hin zu Parfüms, Knoblauch und Alkohol reichten. Als er genau hinter dem Mann stand, von dem er nicht verstand, wieso er hier war, fasste er ihm an die Schulter und stieß ein irritiertes

>>Herr Klaub, was machen Sie denn hier? Wie sind Sie hier

hergekommen? Und vor allem wie haben Sie es geschafft, vor mir hier zu

sein? <<Manuel wollte schon zur nächsten Frage ansetzen, als der

Krückenmann sich umdrehte und ihn etwas musternd ansah. Der

Krückenmann, Herr Klaub, ignorierte Manuels Fragen und schaute einfach

wieder nach vorne. Manuel verstand nun gar nichts mehr, und als auch er

seinen Blick nach vorne richtete, sah er erst einmal nur etwas großes

Schwarzes, mitten auf der Parkwiese liegen. Man konnte nicht wirklich

sagen, was es war, außer das es sehr groß, wie zwei abgerissene Segel

eines Schiffes aussah, die vorher in tiefschwarze Farbe getränkt wurden.

An den Kanten der *Segel* befand sich noch ein wenig dunkelblaue Farbe, so

als hätte der entsprechende *Künstler* zum Schluss noch ein paar

Farbkleckse drauf gepappt, um so eine Einzigartigkeit zu verleihen. Die

blaue Farbe schien sogar noch nicht getrocknet zu sein, denn auf der

Parkwiese war sie ebenfalls verteilt und wirkte irgendwie feucht. Wäre die

Farbe nicht blau sondern rot gewesen, hätte man meinen können auf der

Wiese hätte eine Schlacht statt-gefunden, bei der zwar alle Beteiligten wie in Luft aufgelöst und lediglich ihre Verletzungen anhand der gefärbten Wiese das Zeugnis dieses Kampfes waren, aber da die Färbung blau war, ließ dies eher an irgendeinen Unfall mit einer Chemikalie oder Sonstigem denken. Faszinierend waren dennoch diese segelähnlichen Teile. Manuel konnte sich nicht entscheiden, ob es sich nun um Stoff oder um irgendein Plastik handelte. Es wirkte einerseits hauchdünn, ähnlich wie eine Regenhaube, die ältere Frauen schon mal bei plötzlich eintretenden Schauer aus ihrem Mantel oder ihrer Tasche zogen, um sich ihre Frisur nicht zu verschandeln, und andererseits schien das Material sehr reißfest. Etliche Polizisten, Hilfspolizisten, Feuerwehrmänner, irgendwelche Menschen mit Anzügen und noch weitere wichtig erscheinende Personen liefen von einer Stelle zur anderen, telefonierten mit ihren Handys, brüllten herum und komplettierten das fernsehreife Chaos an diesem Morgen im Park.

>>Was ... Was um alles in der Welt ist das? << dachte Manuel laut. Er hätte sich denken können, dass dazu jeder bereits eine eigene These haben

würde und die Spekulationen wahrscheinlich bis hin zu einem

Außerirdischen gehen würden, aber er hatte nicht damit gerechnet, dass

nun von allen Seiten jeder gleich drauf losredete um seine ganz eigene

Interpretation - von diesem *ETWAS* - kundzugeben. Links hörte er wie man

über eine Plane von einem LKW diskutierte der Farbeimer transportiert

haben soll und nach dem Unfall wohl abgehauen sei, während die hinteren

sich an irgendwelche Lichter in der Nacht zu erinnern glaubten, die

natürlich das Landen eines Raumschiffes erklären würden. Auf der rechten

Seite schwelgten die Menschen in weiteren Theorien, während man von

vorne, dem Punkt an dem sich die vielen Beamten, Hilfskräfte und

Anzugmänner befanden, keinerlei Auskunft darüber erhielt, was eigentlich

passiert ist, geschweige denn, was es überhaupt war. Manuel kämpfte sich

aus den vorderen Reihen wieder zurück, was ebenfalls genauso schwer war

wie das nach vorne kämpfen, da die nun noch größer gewordene Masse

sich bei einer kleinsten freiwerdenden Stelle egoistisch nach vorne

drückte, um vielleicht einen noch besseren Blick zu ergattern. Nach

erneuten Geruchsirritationen und Pressereien, als wäre man ein Baby, das sich durch den Geburtskanal quetschen muss, erreichte Manuel das Ende

der drängelnden Menschenmasse und atmete erst einmal tief durch. Von

überall her kamen noch mehr Menschen, von der Neugierde geplagt, was

wohl im Park vor sich geht. Das Radio hatte im Endeffekt noch seinen Teil

dazu beigetragen, als die Nachricht, welche Manuel während des

Frühstücks eher nur unterschwellig aufnahm, über einen seltsamen Fund

hier in Duisburg die Hörer erreichte. Man hatte sich nicht einmal im Radio

darüber zurückgehalten, wo der Fundort sich befand, sondern animierte

Gaffer und Schaulustige regelrecht dazu, die Arbeiten zu behindern.

Tausend Gedanken gingen Manuel durch den Kopf und der meiste Gedanke,

der ihn noch immer nicht losließ, war der, dass der Krückenmann bereits

vor Ort war, obwohl Manuel ihn zuvor im Hausflur getroffen hatte. Er

konnte unmöglich so schnell vor Manuel dort gewesen sein. >> Wie hat

er das nur gemacht? << fragte sich Manuel. >>Das ist einfach

unmöglich, ich war vor ihm aus dem Haus, bin gejoggt und dennoch war

er vor mir im Park. Irgendetwas stimmte hier nicht, << dachte Manuel.

>>Entweder hat der Krückenmann so was wie einen geheimen

unterirdischen Gang, der ihn in kurzer Zeit zum Park führt, << was

natürlich mehr als nur unrealistisch wäre, oder aber ich werde langsam

aber sicher verrückt. Zuerst dieses penetrante Geräusch gestern Abend,

dann diese verworrene Nacht mit dem mehr als nur fast realistischen

Traum und nun auch noch Herr Klaub, der an zwei Orten auftaucht, die er

in so kurzer Zeit niemals hätte bewältigen können. << Manuel fühlte sich

mit einem Mal sehr matt und hatte das Gefühl Fieber zu bekommen. Nicht

weil er sich überhitzt fühlte, sondern weil sein Schädel brummte und jede

Kopfbewegung ein Nachziehen mit sich brachte, als würden seine Augen

zeitverzögert hinterher kommen. Er beschloss nach Hause zu gehen und

sich etwas auszuruhen. Vielleicht hat ihn diese Nacht so sehr umgehauen,

dass er an diesem Morgen einfach anfing, zu halluzinieren und sich schon

einbildete, Herrn Klaub gleich zweimal getroffen zu haben. Dennoch lies

ihn das Ganze nicht los und er beschloss nach dem Ausruhen das Ganze

noch einmal Revue passieren zu lassen, um dann nach einer logischen

Erklärung zu suchen. Notfalls würde er Herrn Klaub dazu ausfragen und in

Erfahrung bringen, *WANN* er ihn heute *WO* getroffen hat. An irgendeinen der beiden Orte konnte er schließlich nicht wirklich gewesen sein und dies bedeutete, dass Manuel Dinge sah, die nicht real waren. Er sinnierte ein wenig über seine Gesundheit und seine allgemeine Verfassung samt Psyche, kam aber zu dem Entschluss weder an Stress noch an Depressionen oder anderem zu leiden, das diese Halluzination bei ihm hervorrief. Auch nahm er keine Drogen oder Medikamente, die dies bewirken könnten. Das Einzige was er fand war, dass er in letzter Zeit einfach viel gearbeitet hatte. Vielleicht war es zu viel, sodass sich der Körper mit diesen Symptomen bemerkbar machte. Er würde es auf jeden Fall schon noch herausfinden. Zu Hause angekommen warf er seine Klamotten von sich ab, trank einen kleinen Schluck Apfelschorle und lies sich dann in sein Bett fallen. Es dauerte nicht lange, bis seine Augen mit einer plötzlichen Müdigkeit zufielen und er in einen ruhigen, sanften Schlaf fiel. Eingehüllt in seiner Decke, auf seinen zwei Kopfkissen liegend.

Kapitel 2

Es war schon dunkel, als er wieder wach wurde. Er hatte geschlafen wie ein Murmeltier und das so fest, das wenn das Haus über ihn

zusammengefallen wäre, er es nicht mitbekommen hätte. Er sah auf seinen

Wecker und stellte mit Erstaunen fest, dass es bereits 17 Uhr 26 war. Er

hatte fast 7 Stunden durchgeschlafen. Wieder wie am Morgen, total

gerädert, setzte er sich aufrecht ans Bett und rieb sich die Augen. Obwohl

er so lange geschlafen hatte, hatte er das Gefühl, noch immer total

übermüdet zu sein. Seine Überlegungen, dass er sich wahrscheinlich

irgendetwas eingefangen hatte und sein Körper dies nun ausbrütete,

stiegen weiter an und er einigte sich darauf, dass wenn es über das

Wochenende nicht besser werden würde, er am Montag seinem Hausarzt

einen Besuch abstattet. Als er sich aus dem Bett schwang, klingelte mal

wieder das Telefon. In diesem Moment fiel ihm auch die Verabredung mit

Stefan und den anderen ein, und als er abnahm, war Stefan in der Leitung.

>> Hey Kumpel, wie geht es dir? Wie sieht es nun aus mit heute Abend,

bist Du dabei? << hörte er Stefan fragen. >>Nein, << antwortete

Manuel >>ich fühle mich echt total neben der Spur. Ich glaube ich brüte

irgendwas aus. << Manuel hörte von Stefan ein leichtes Seufzen, als dieser ihm entgegnete, dass es schade sei. Er wünschte ihm eine gute

Besserung und beendete das Gespräch. Manuel stapfte in die Küche,

schnappte sich seine Apfelschorle, ging ins Wohnzimmer und wühlte in

seiner Süßigkeiten Schublade Schokolade, Chips, Gummibärchen,

Lakritzschnecken, alles vorhanden, aber Manuel entschied sich für ein paar

salzige Heringe und Kekse. Wäre er eine Frau, hätte man ihm bei dieser

Konstellation wahrscheinlich eine Schwangerschaft nachgesagt, dachte er.

Irgendwie war ihm kalt und er schaltete die Heizung etwas höher, holte

sich seine Wolldecke und legte sich auf die Couch. Eine totale Stille

herrschte in dem Wohnzimmer. Manuel betrachtete diesen Raum, als sei er

zum ersten Mal darin. Er schaute auf seine Wohnwand, die aus heller

Buche gebaut, seit geraumer Zeit seine neueste Errungenschaft war. In

einem Prospekt hatte er sie vor einem halben Jahr schon gesehen,

allerdings erschien sie ihm vom Preis her einfach noch zu hoch. Vor

Kurzem dann war die wieder im Prospekt und diesmal zu einem für

Manuel annehmbaren Preis, sodass er sich dazu entschied, sie zu kaufen.

Sie war nicht sehr lang und bestand im Prinzip nur aus 3 Elementen, nämlich einem flachen Fernsehboard, von gerade einmal 1,50m Länge,

über dem eine breitere Rückwand mittig mit dem Board verbunden war,

die zusätzlich von 3 Regalen gespickt wurde, einer Vitrine auf der rechten

sowie einem weiteren Beistellschrank auf der linken, der sogar auf der

Rückseite ein Geheimfach besaß und ansonsten als Dekorationsablage

diente, als dass er einen wirklichen Nutzen brachte, aber dies war Manuel

beim Kauf egal. Er besaß abgesehen von seinem unsortierten Papierkram,

lediglich ein paar Fotoalben, einen kleinen Stapel DVDs und das eine oder

andere Buch, sowieso nichts Großartiges was er hätte verstauen müssen.

Im Wohnzimmer lag noch immer der Geruch von Holz. So wie es immer

riecht, wenn man sich ein neues Möbelstück zulegte. Er mochte diesen

Geruch sehr gerne. Auf den Regalen der Wohnwand befanden standen ein

paar kleine Dekorationsstücke, die seine Mutter dorthin platzierte, da sie

der Meinung war, dass solche Regale nicht mit Büchern oder CDs voll

gestellt werden sollten, sondern mit kleinen Dekorationen, wie die zwei

kleinen schwarzen Messing-Laternen, in denen man Teelichter reinstellen

konnte. Auch eine breite Vase, mit Sand und rotem Geäst gefüllt, sowie zwei kleine Engel und zwei schwarze Messingstatuen, die je eine graziöse Haltung einer Balletttänzerin widerspiegelten, gehörten ihrer Meinung nach zum verzierenden Schönheitsideal einer Wohnwand. Manuel fand diese Gegenstände nicht gerade schön, aber auch nicht so unschön, dass er sie wegstellen würde, auch wenn er weder von Ballerinas, noch von irgendwelchen Engeln angetan war. An Engel glaubte er sowieso heutzutage nicht. Als kleiner Junge und auch noch in der Jugendzeit, glaubte er hingegen sogar sehr stark an Engel, wünschte sich ab und an selber einer zu sein, da er fasziniert war von den Wesen, die fliegen konnten und zudem gleichzeitig an unterschiedlichen Orten sein konnten, aber da er weder je einen gesehen hatte, noch irgendwo wirkliche Taten oder Beweise solcher Engel während seines Lebens auftauchten, legte er irgendwann den Glauben an ihre Existenz ab. Viele Menschen glauben ganz fest an Engel, behaupten sogar, schon einen gesehen, oder gar mit einem gesprochen zu haben, aber für Manuel war dies einfach nur Wichtigtuerei dieser Leute. Für ihn sind es Menschen, die in ihrem Leben nicht ohne irgendein sogenanntes *Leittier* in ihrem Leben klarkamen. Ebenfalls diese

TV-Wahrsager oder Astrologen, die mit irgendwelchen Tricks den Menschen das Geld aus der Tasche ziehen und diese so weit bringen konnten, dass sie ihren Alltag nach genau den Vorgaben der Spiritualität einplanten und danach lebten. Es gibt Menschen, die befragen sogar einen Wahrsager, wann der beste Zeitpunkt ist, ein bestimmtes Möbelstück anzuschaffen, oder lassen ihre Wohnung nach einem ganz bestimmten spirituellen Schema einrichten. Für Manuel stellte dies alles nur absoluten Unsinn und übertriebenen Aberglauben dar. Neben seiner Wohnwand und seiner bordeauxroten Eckcouch mit den weißen Kissen und dem kleinen Glastisch davor befand sich in seinem Wohnzimmer noch ein schmales Bücherregal, ein kleiner Esstisch mit vier Stühlen und ein CD Ständer. Ein paar Pflanzen, von denen er sehr stolz auf seine zwei Efeututen war, deren Ranken an den teils rot gestrichenen Wänden, mit Nagel und Faden befestigt waren und zwei 1 Meter große Kerzenständer machten diesen Raum zu einem gemütlichen Wohnbereich. An den Wänden hingen Fotos mit Nahaufnahmen von Fröschen und eine Gitarre. Von diesem Raum gelang er zudem auf seinen sechs meterlangen Balkon, der im Sommer bisher zu seinem liebsten Wohnbereich zählte. Hier konnte man am Abend herrlich lange sitzen, ein Bierchen trinken und mit Kollegen oder Freunden über Gott und die Welt reden. Natürlich auch über Frauen und Fußball, die zu Manuels Interessen zählten. Seine letzte Beziehung lag bereits 2 Jahre zurück und nach Beendigung dieser, schwor er sich erst einmal so richtig die Sau raus zulassen, denn seine damalige Freundin hatte ihn mehr als nur eingeschränkt. Am Anfang lief mit Corinna alles wie in einem Bilderbuch. Sie verstanden sich auf Anhieb super, waren oft einer Meinung und auch ihre Interessen und Hobbys lagen auf der gleichen Ebene. Am Ende allerdings war dies auch der Punkt, der das Fass zum überlaufen brachte, denn Manuel hatte keinen einzigen Fluchtpunkt mehr gehabt, an dem nicht auch Corinna oder ihre Freunde integriert waren oder sich aufhielten. Sie waren über 4 Jahre zusammen, zogen nach einem Jahr bereits zusammen und verbrachten jede freie Minute miteinander. Immer mehr und mehr kapselte sich Manuel dabei von seinen Freunden und Bekannten ab. Er merkte nicht, wie Corinna daraufhin arbeitete, dass er sich nur noch mit ihren Leuten abgab, die Persönlichkeit der anderen annahm und seine eigene dabei verlor. Corinnas Welt war materialistisch und bestand aus Wellnesswochenenden, Shoppingtouren und profilieren. Ihre Freunde waren ebenfalls aus diesem Holz geschnitten und nicht selten wurde sich darüber unterhalten, was man denn alles so besäße und sich noch anschaffen werde, was am edelsten ist und wie wichtig doch das Geld sei. Corinna verdiente als Fremdsprachenkorrespondentin nicht schlecht und dolmetschte unter anderem für den ein oder anderen Politiker. Manuels Gehalt dagegen entsprach dem eines Normalverdieners und damit nicht ausreichend genug für Corinnas Freunde, von denen einige den Beruf *Sohn oder Tochter, von wohlhabenden Eltern* besaßen. Manuel nervte das Gerede über Geld und Materialien immer mehr und er entzog sich nach und nach den all-wochenendlichen Partys, die statt-fanden, was natürlich auf Dauer Streitereien zwischen ihm und Corinna mit sich brachte. Corinna verlangte von ihm sich regelrecht wie ein Snob zu benehmen und sich ihren Freunden anzupassen, aber Manuel fühlte sich dabei nicht mehr als er selbst. Als Corinna auch noch anfing seinen Alltag, seine Freizeit, einfach sein komplettes Leben zu dominieren und zu planen und einen cholerischen Anfall zu bekommen, wenn er sich dagegen sträubte, be-

endete er die langjährige Beziehung. Obwohl er von da an wieder er selbst

sein konnte und tun und lassen, was er wollte, litt er dennoch unter der

Trennung. Nicht weil er Corinna vermisste, was er eigentlich nicht wirklich

tat, sondern weil er zum einen kaum noch Freunde hatte, die nicht auch

mit Corinna befreundet waren und zum anderen sämtliche Hobbys, denen

er nachgegangen war, von ihr und ihren Freunden ebenfalls besiedelt

wurden. Dies brachte natürlich die ein oder anderen

Auseinandersetzungen, Getratsche und sogar Drohungen mit sich, bis

Manuel sich entschloss, sich komplett aus all diesen Bereichen zu

distanzieren, um einfach seine Ruhe zu haben. Den einzigen Halt, den er

danach fand, war der bei seinen Arbeitskollegen und ein paar wenigen

alten Freunden, die ihm seine damalige Distanz mit ein paar kleinen

Sprüchen weichherzig verziehen. Er brauchte fast ein ganzes Jahr, um

wieder in sein altes Ich zu finden, seinen Ehrgeiz, seinen Humor und auch

seine Lässigkeit gegenüber materiellen Dingen wieder zu finden. Seit

dieser Zeit schmiss er sich viel in seine Arbeit und ging gelegentlich mit seinen Arbeitskollegen aus. Daraus entwickelte sich irgendwann eine Regelmäßigkeit und zudem eine gute Freundschaft mit Stefan. Erst jetzt merkte Manuel, dass er nun schon eine gute halbe Stunde in Erinnerungen geschwelgt haben musste, denn es war mittlerweile kurz nach 18 Uhr. Tiefsinnig und mit einem Seufzen, machte sich eine Erleichterung in Manuel breit, dass er diese Zeit erfolgreich hinter sich gebracht hatte und sein Leben so leben konnte, wie er wollte. Natürlich wünschte er sich nun mit seinen 31 Jahren ab und an schon gerne wieder eine Frau an seiner Seite, aber er hatte auch Angst wieder in irgendeiner Art und Weise manipuliert zu werden oder anderweitig auf die Schnauze zu fallen. Vielleicht schaut er demnächst mal wieder etwas intensiver in die Welt der weiblichen Lebewesen hinein, wobei er lediglich beim Schauen bleiben wolle, als dass er sich in ein Abenteuer wirft, dachte er. Er vernahm plötzlich ein lautes Knurren und blubbern und ihm wurde bewusst, dass er seit heute Morgen nichts mehr bis auf die paar salzigen Heringe eben, die jetzt für sein blubbern und knistern im Magen verantwortlich waren, gegessen hatte. Zum Kochen hatte er keine Lust und die beste Alternative in einem männlichen Singlehaushalt stellte die Tiefkühlpizza dar. Er

schlurfte in die Küche, nahm seine mittlerweile leere Flasche Apfelschorle

mit und zog aus dem Gefrierfach eine Thunfischpizza. Der Käse auf diesen

Pizzen fand Manuel, war meist nur dünn belegt und so streute er noch

zusätzlich geriebenen Käse auf die Pizza, um sie dann in den Backofen zu

schieben. Sein Magen knurrte nun noch erbärmlicher als eben und Manuel

versuchte ihn mit einem >> ja, ja mein Guter, gleich bekommst Du

ordentlich was zum Arbeiten. << Während er auf seine Pizza wartete,

räumte er das Chaos, welches er am Morgen verursacht hatte, in der Küche

auf. Obwohl er hin und her dabei lief und sich körperlich betätigte, war

ihm wieder kalt. Er fühlte die Heizung in der Küche, die auf mittlerer Stufe

stand, und stellte fest, dass diese eigentlich gut warm war. >> Ich werde

echt krank << dachte er und nahm nach getaner Arbeit, als hätte er alles

perfekt getimed, seine fertige Pizza aus dem Backofen und brachte sie ins

Wohnzimmer. Ein wohlwollender Geruch durchlief dabei seine Wohnung

und er setzte sich samt Fernsehzeitung an seinen kleinen Esstisch. Für

einen Freitagabend hatte das Fernsehprogramm nicht wirklich viel Gutes zu bieten. Auf dem einen Sender kam mal wieder eine Castingshow,

während auf dem anderen der alte Mann und das Meer gezeigt wurde.

Auch eine Kochshow und ein Dokumentarfilm über Wüstentiere und die

wahrscheinlich hundertste Wiederholung von Terminator standen zur

Auswahl. Während er aß, schaltete er den Fernseher ein und zappte

wahllos durch die Programme. Nachrichten, Werbung, die Simpsons,

Dokusoaps und eine Reportage über Engel. >> Was für eine Auswahl

<< dachte Manuel und legte die Fernbedienung beiseite. Die Reportage

über Engel lief eher nebenbei, während er sich an das letzte Stück Pizza

machte. Es wurde über die Erzengel und den Krieg der Engel gesprochen,

bei dem ein Wissenschaftler behauptete, dass irgendwelche Engel dazu

verdammt wurden auf der Erde zu leben um dort die Menschen zu

bekehren. Sie würden aussehen wie ein normaler Mensch, und weder über

Flügel noch über irgendwelche Kräfte verfügen. Manuel setzte sich hinüber

auf die Couch und dachte, was es doch für ein Quatsch wäre, als Engel auf

die Erde geschickt zu werden, ohne jegliche Kräfte um die Menschen zu

bekehren. Selbst wenn dies tatsächlich so wäre, würde man solche Engel doch bestenfalls in eine Klapsmühle stecken und für verrückt erklären.

Woran will dieser Wissenschaftler denn erkennen können, dass es sich

tatsächlich um wahre Engel handelt, vorausgesetzt dass es sie überhaupt

gibt, dachte Manuel laut. Das Telefon klingelte und Manuel stand ein wenig

genervt auf, um in den Flur zum Telefon zu gehen. Seine Mutter rief an

und wollte wissen, ob es bei seinem morgigen Besuch zum Mittagessen

bliebe. Manuel sagte ihr, dass er es noch nicht mit 100% Sicherheit sagen

könne, da er sich seit heute etwas kränklich fühle. Sofort gingen natürlich

bei seiner Mutter die Alarmglocken los und sie wollte ihn gleich am

nächsten Tag besuchen, um ihm das Essen und Medikamente

vorbeizubringen, aber Manuel schaffte es, das typische Helfersyndrom

seiner Mutter erfolgreich zu besänftigen und schlug ihr vor, sich Morgen

noch einmal zu melden, ob er käme oder nicht. Auch solle sie sich nicht

immer direkt solche Sorgen machen und ihn nicht so bemuttern, sagte er

ihr. Er käme schon gut alleine zurecht, und wenn er Hilfe bräuchte, dann

würde er das schon sagen. Seine Mutter schien zwar ein wenig beleidigt

über seine Ablehnung zu sein, verabschiedete sich aber dennoch mit einem

Herzlichen >> tschüss und sag Bescheid, wenn was ist, << von ihm.

Nachdem Manuel aufgelegt hatte, ging er mit einem Kopfschütteln wieder

Richtung Wohnzimmer, als er im Hausflur jemanden die Treppe

hinaufkommen hörte. Neugierig, wie er in diesem Moment war, schaute er

durch den Türspion und sah seine Nachbarin von oben. Er vergewisserte

sich, dass er halbwegs normal gekleidet war und öffnete mit einem

schnellen Griff die Türe. >> Nabend Frau Jyro, haben Sie mal kurz ein

paar Minuten? << fragte Manuel. Die Nachbarin blieb stehen. >>

Worum geht es denn?<< fragte sie. >> Ich würde gerne noch einmal

das Gespräch von gestern Abend aufgreifen. Als ich sie gefragt habe ob Sie

auch dieses seltsame schrille Geräusch hören, haben Sie zu mir gesagt,

dass das Haus sein Eigenleben führe und man dieses entweder akzeptiert

oder auszieht. Was haben sie damit gemeint? << Die Nachbarin schaute

ihn ein wenig genervt an, dennoch setzte sie zu einer Antwort an, als unter

ihnen in diesem Moment die Türe aufging und der Krückenmann

hinauskam. Manuel und die Nachbarin schwiegen und lauschten den

Schritten. Herr Klaub schlurfte die Treppen hinauf und tönte dabei recht laut >> Was soll der Krach hier im Hausflur? << Manuel entgegnete

ihm, dass er lediglich ein kleines Gespräch mit Frau Jyro gehalten habe

und dies noch nicht einmal in Zimmerlautstärke sondern fast im

Flüsterton, wobei er sich im gleichen Moment auch fragte, warum er ihm

überhaupt eine Rechenschaft ablegte, denn man darf sich ja wohl noch um

diese Uhrzeit mit seinen Nachbarn unterhalten. Als der Krückenmann fast

oben bei ihnen angekommen war, sagte die Nachbarin >> ich habe jetzt

eh nicht viel Zeit, sie können ja in einer Stunde zu mir nach oben kommen,

dann können wir uns weiter unterhalten. << Manuel war zwar etwas

erstaunt über dieses rasche und unerwartete Angebot, aber er stimmte der

Einladung mit einem Nicken zu. >> Also um 20 Uhr dann << sagte er,

während die Nachbarin schon auf halben Weg nach oben zu ihrer Wohnung

war. Der Krückenmann kam im gleichen Zug bei ihm an, wie die Nachbarin

verschwunden war. >> Sie haben doch nicht ernsthaft vor, zu dieser

Hexe da nach oben zu gehen. Die hat sie nicht mehr alle im Kopf <<

sagte der alte Mann nach Luft schnaubend. Manuel sah ihn etwas missmutig

an und fragte, warum er denn denkt, dass Frau Jyro sich nicht mehr alle habe und vor allem wieso er sie als Hexe bezeichnet. Der alte Mann sagte

>> weil sie eine ist. Sie ist bösartig und listig wie eine Schlange. Sie

lockt die Männer ins Haus und alle hauen sie schnell wieder ab wie ein

scheues Reh. Sie saugt ihnen die Energie aus den Körpern und schickt sie

dann wieder weg. Wie ein Vampir, nur ohne Bisswunden << entgegnete

der alte Mann. >> Herr Klaub, << sagte Manuel >> ich glaube nicht,

dass es so etwas wirklich gibt und schon gar nicht glaube ich das Frau

Jyro eine Hexe ist, die den Männern die Energie aussaugt. So etwas ist

doch Quatsch.<< Der Krückenmann lachte plötzlich ganz laut und für

einen kurzen Moment warf es Manuel nach hinten, denn er blickte in

diesem Moment genau in das gleiche Gesicht, wie es diese komischen

Wesen in der Letzten Nach in seinem Traum besaßen. Diese Augen und vor

allem diese spitzen Zähne... >> Schluss jetzt << sagte Manuel, er schrie

es fast vor Entsetzen, aber der Krückenmann lachte weiter und weiter.

Manuel ging ruckartig in seine Wohnung, schlug die Tür hinter sich zu und

ließ sich dagegen fallen. Sein Kopf drehte sich und als er die Augen

schloss, sah er wieder dieses Gesicht vor sich, wie es lachte und erneut diese spitzen Zähne. Das Lachen verwandelte sich in eine sich aufreißende

Fratze und ein fieser greller Schrei entkam aus dem Mund der Fratze.

Manuel riss die Augen auf, alles dreht sich weiter vor ihm, er taumelte sich

durch den Flur tastend in sein Wohnzimmer und lies sich auf seine Couch

fallen. Für ein paar Minuten schaute er an die Decke, hinein in die Lampe

und dann den Kopf gesenkt vor die Wand. Im ersten Moment konnte er nur

das grelle Licht vor seinen Augen erkennen, ihm wurde schlecht, bis er

dann nach und nach seine Wand und die daran befestigten Ranken der

Efeutute erkennen konnte. Immer weniger wurde der grelle Lichtschatten

vor seinen Augen, bis er ganz verschwand. Manuel fing an zu zittern und

ihm war eisigkalt. Was war nur los mit ihm? Wenn das so weiterginge,

würde er bald einen Notarzt benötigen, denn irgendetwas stimmte absolut

nicht mit ihm und es schien immer schlimmer zu werden. Erst diese Nacht,

dann die abnorme Müdigkeit, der Schwindel, die Übelkeit und nun auch

noch der Kreislaufzusammenbruch. Für eine eventuelle Erkältung ein paar

Dinge zu extrem, zumal er weder Halsschmerzen, noch Schnupfen oder

einen Husten bei sich feststellen konnte. >> Vielleicht irgendeine

Lebensmittelvergiftung << dachte er und überlegte, was er gestern alles

gegessen hatte. Außer einem Döner, den aber auch seine Arbeitskollegen

bestellt hatten und zwei trockenen Croissants, sowie am Abend ein paar

Chips hatte er gestern nichts gegessen. Eigentlich eher eine

Unwahrscheinlichkeit, dass nur er und nicht seine Arbeitskollegen an eine

Lebensmittelvergiftung erkrankt wäre. Er versuchte sich aufzusetzen und

merkte, dass sein Kreislauf noch nicht so ganz auf dem Damm war. Nach

ein paar Minuten ruhigem Sitzen stand er auf und holte sich in der Küche

eine Flasche Cola. Nach zwei Gläsern und mehrmaligem Durchatmen

merkte er, wie wieder leben und somit auch Wärme in seinen Körper

flossen. All-mählich fühlte er sich besser und musste an das Erlebte im

Hausflur von vorhin denken. Auch an das, was der alte Mann zu ihm gesagt

hat. >> Von wegen die Jyro saugt den Männern die Energie heraus. Wenn

jemand die Energie auf übelster Weise heraussaugt, dann ist das der alte

Klaub << dachte Manuel. >> Erst als er kam und diesen Unsinn geredet

hat, fing das alles bei mir an. Heute Morgen war er gleich an zwei Orten

und soeben zieht er mir den Boden unter den Füßen weg. Mit dem Typen stimmt doch was nicht, und dann auch noch diese fiese Fratze, wie in

meinem Traum, das kann doch nicht alles nur Einbildung sein. Allerdings

auch nicht Realität << ermahnte sich Manuel selber. In einer viertel

Stunde soll er zu seiner Nachbarin gehen und er überlegte, ob er ihr von

dieser ganzen Sache erzählen soll oder vielleicht lieber nicht? Er

entschloss sich, das Ganze einfach Situationsabhängig zu machen. Erst

einmal wollte er hören, was sie über das Eigenleben des Hauses zu

erzählen hat. Er machte sich noch schnell ein wenig frisch und erschrak

zugleich, als er sein bleiches und mit leichten Rändern um die Augen

versehenes Gesicht im Spiegel erblickte. Seine gelockten braunen Haare

sahen verwüstest und ungekämmt aus. Er hatte eh schon unter seiner

Lockenpracht und der stets wirren Frisur zu leiden, aber der jetzige

Anblick übertraf alles. Seufzend ging er sich kurz durch seine Haare,

wechselte dann sein T-Shirt und nahm zusätzlich noch eine Strickjacke, für

den Fall, dass er wieder unter Frösteleinflüssen litt. Genau in dem Moment,

als er das Licht im Hausflur einschaltete, platze die Glühbirne in der Lampe

über ihm. >> Na super, dachte er, das jetzt auch noch.<< Als er die

Treppen nach oben ging, blieb er einen kurzen Moment stehen, es klang,

als wenn sich unten eine Tür öffnete. Es wäre kein Wunder gewesen, wenn

der alte Mann „zufällig" wieder aufgekreuzte, aber scheinbar hatte Manuel

sich das nur eingebildet, denn es war still. Er klingelte bei Frau Jyro,

hörte, wie sie den Wohnungsflur betrat und ihm dann öffnete. Die

Wohnung der Nachbarin war recht stilvoll und mit sorgfältiger Dekoration,

peinlichst genau auf die Farben der Möbel abgestimmt. Die Wohnungen

schienen alle die gleiche Größe und Raumeinteilungen zu haben,

wahrscheinlich mit kleinen Abweichungen, die das Ganze dann

Entgegengesetzt aufwiesen, aber ansonsten niemand Vor oder Nachteile im

Wohnraum besaß. Frau Jyro bat Manuel ins Wohnzimmer, welches aus Rot

und Grüntönen bestand. Die Tapete war in einem dezenten Grünton, die

Couchelemente in einem Rot, zwei Sideboards in hellem Holz aber mit

roten Schranktüren versehen, eine Glasvitrine, 4 Regale in

unterschiedlichen Größen und mehrere Kerzenständer im Raum,

komplettierten die Inneneinrichtung, abgesehen von den

unterschiedlichsten Dekoschalen und den unzählig vielen Krügen, welche teilweise wie Urnen aussahen und in unterschiedlichen Größen von ganz klein bis Kniehoch, im Raum verteilt waren. Manuel überlegte einen Moment, was man mit so vielen Krügen macht. >> Man kann die unterschiedlichsten Dinge darin aufbewahren und keiner kann sehen was darin ist << sagte Frau Jyro plötzlich, ohne dass Manuel laut gedacht hatte, geschweige denn gefragt. >> Woher..Wieso..<< setzte Manuel zum Fragen an, als seine Nachbarin ihn unterbrach und sagte >> Jeder der diesen Raum betritt sieht auf die vielen Krüge und die meisten Fragen früher oder später sowieso was ich damit mache, also habe ich mir angewöhnt es direkt zu Anfang zu erzählen, damit eine Unterhaltung nicht mit dem dauernden inneren Gedanken an die Krüge gestört wird << erklärte sie. >> Ist schon ein komisches Hobby << entgegnete Manuel ihr. >> Tja die einen sammeln Briefmarken oder Postkarten und ich eben andere Dinge << sagte sie. >> Was denn zum Beispiel << wollte Manuel nun wissen. >> Unterschiedliches. Von Mondwasser bis hin zu Krähenfüßen, Froschaugen und anderen brauchbaren Dingen << schmunzelte sie. Manuel riss die Augen auf und runzelte dann die Stirn.

>> Das mit den Froschaugen und den Krähenfüßen war nur ein Spaß

<< lachte sie. >> Ich muss doch meinem Ruf, den Herr Klaub hier über

mich verbreitet gerecht werden oder? << Manuel entspannte sich wieder

ein wenig und gab ein wenn auch recht künstlich wirkendes Lächeln an sie

zurück. >> Ja der Herr Klaub << sagte er, mit einem diesmal echt

gemeintem Lächeln, >> Der denkt Sie seien eine Hexe, die den Männern

die Energie aussaugt. Für Ihn haben sie einen Sprung in der Schüssel,

dabei frage ich mich, ob er es nicht ist, der einen neben sich laufen hat.

<< >> Hm, ich erzähle Ihnen jetzt mal etwas zu mir und dem alten

Narr da unten << sagte sie in einem leicht giftigen Ton. >> Ich bin

jetzt 42 Jahre alt und wohne nun seit 19 Jahren hier, gehöre praktisch

zum alten Inventar. Alle anderen Mieter, die hier wohnen, zogen erst nach

mir hier ein, auch der gute Herr Klaub. Er ist vor etwa 16 Jahren hier

eingezogen Eigentlich war der alte Mann einmal sehr wohlhabend, hatte

seine eigene Villa, mehrere Autos und ausreichend Kreditkarten. Wie so oft

besitzen solche Männer nicht nur materielle Dinge, sondern haben auch

immer die tollsten und jüngsten Frauen an ihrer Seite. So auch unser lieber Herr Klaub. Ich kannte ihn bereits zu seinen besseren Zeiten, denn er war Stammgast in meiner damaligen Kneipe, dem Plänksken. >> Das kenne ich sagte Manuel, das ist doch so eine kleine, etwas naja mystische Kneipe, dort ist viel auf Esoterik und Hexerei gemacht. An den Wänden hingen immer komische Fratzen, viele Kerzen, das Essen in Holzschalen und so weiter nicht wahr? Es hieß immer, dass da auch irgendwelche Okkulte heimlich stattgefunden haben sollen. Ich war da nie drin, aber es wird ja einiges darüber erzählt. << >> Erzählt wird immer viel und ja, genau das ist die Kneipe, die wir damals hatten, mein damaliger Mann und ich << sagte sie. >> Unwichtig ist allerdings jetzt das Inventar oder ob da diese anscheinenden Okkulte stattgefunden haben, darum geht es jetzt nicht. Der alte Klaub kam jedenfalls oft in meine Kneipe, hat dort gegessen, getrunken und jedes Mal anschreiben lassen. Irgendwann habe ich ihn darum gebeten nun seine offenen Rechnungen zu begleichen, da auch er, selbst wenn er sehr reich ist, jeder seine Rechnung zu bezahlen hat und er, da keine Ausnahme darstellt. Er hat einen riesen großen Aufstand gemacht, was ich mir denn erlauben würde ihm zu unterstellen, dass er seine

Rechnungen nicht bezahlt und ich das noch bereuen würde solch einen

Leumund zu verbreiten. Ich sagte ihm, dass ich ihm weder etwas

unterstelle noch das ich seinen Ruf schädige, sondern lediglich um die

Begleichung der Rechnung bitte, da mein Mann schwer erkrankt ist und

ich viel Geld benötige um entsprechende Therapien und Behandlungen zu

bezahlen. Er sagte nur, dass es doch nicht seine Sache sei und ob ich nun

vorhabe ihn anzubetteln . Daraufhin verließ er meine Kneipe, ohne zu

bezahlen. << Manuel schüttelte den Kopf und sagte >> Das ist ja

unglaublich, wir reden wirklich über ein und den selben Herrn Klaub? Der

Herr Klaub, der hier im Haus wohnt? << Die Nachbarin nickte nur und

fuhr fort >> Ja genau über diesen Herren reden wir. Er kam dann ganze

zweieinhalb Monate nicht mehr. Seine jungen Dinger sah ich oft, wie sie

mit neuen Autos durch die Gegend fuhren oder sein Geld beim Shoppen

ausgaben, aber zu mir kam er nicht einmal, um zu bezahlen. Drei Monate

nach der Auseinandersetzung mit Klaub schaltete ich einen Anwalt ein um

das Geld, eintreiben zu lassen. Kurz danach verstarb mein damaliger Mann.

Am Sterbebett verfluchte ich den alten Klaub. Ich gab ihm die Schuld dafür, dass ich meinem Mann die Behandlungen nicht zahlen konnte, weil

mir das Geld fehlte. Geld, was mir unter anderem auch Klaub schuldete.

<< >> Das ist ja mehr als nur heftig << sagte Manuel, >> aber

glauben Sie wirklich, dass das Geld von Klaub geholfen hätte? Also ich

weiß nun nicht, was genau ihr Mann hatte, aber hätte es den Tod

wahrhaftig verhindern können? << Sie schüttelte den Kopf. >> Nein

wahrscheinlich nicht, es wäre nur ein Tropfen auf dem heißen Stein

gewesen, aber ich habe es mir zu der Zeit so ein eingeredet und gab Klaub

die Schuld dafür. Da ein Anwalt eingeschaltet war und Klaub sich dennoch

weigerte das Geld zu bezahlen und irgendwelche Ausreden erfand kam das

Ganze irgendwann einmal vor Gericht. Als ich Klaub dann mit seinem

miesen Lächeln sah, schrie ich ihm vor Wut entgegen, dass ich ihn und all

die anderen verfluche, die mir mein Geld nicht gezahlt haben. Das sie all

ihr Hab und Gut verlieren sollen und das ich ihnen alle und vor allem ihm,

ein langes aber dafür mit vielen Erkrankungen versehenes Leben wünsche.

Das Gericht sprach mir Recht zu und Klaub musste letztendlich mehr

bezahlen als er zu Anfangs hätte gemusst. << >> Also das mit den vielen Erkrankungen scheint ihnen ja sogar gelungen zu sein, denn Klaub

hat ja irgendwie alles Mögliche an Krankheiten und das sogar im Wechsel „

spitzelte Manuel. << Ja ich weiß" sagte sie. >> Klaub hatte relativ kurz

nach der Gerichtsverhandlung irgendeine Erkrankung nach der anderen

bekommen und tauchte eines Tages in meiner Kneipe auf. Er beschimpfte

mich und sagte ich sei das alles schuld. Ich hätte ihn verflucht und solle

gefälligst dafür sorgen, dass diese immer neu hinzukommenden Krank-

heiten ein Ende haben. Er bot mir eine Menge Geld an und dieses Haus

hier. Ich warf ihn aus meiner Kneipe, doch er kam fast täglich wieder und

irgendwann ging ich auf dieses Angebot ein. Es kam mir eigentlich sogar

sehr gelegen, da ich die Kneipe nach dem Tod meines Mannes nicht

weiterführen wollte. Ich wollte alles dort aufgeben, die Kneipe, die

anliegende Wohnung und einfach neu anfangen. Also schlossen wir das

Abkommen mit dem Haus, ohne das ich mir dieses zuvor angesehen habe.

Er war überglücklich und überschrieb das Haus auf mich, so wie eine

höhere Geldsumme. Das Haus war dann mein Eigen und ich merkte nach

kurzer Zeit, dass es an sämtlichen Ecken auseinander fiel. Rohre waren veraltet, das Gemäuer porös, das Dach undicht und vieles mehr, was mich

in den finanziellen Ruin trieb. Das Geld was ich von Klaub erhielt reichte

bei Weitem nicht aus, das Haus instand zu setzen und so musste ich

versuchen, es zu verkaufen. Ich fand einen Käufer und konnte mich

zusätzlich mit dem Käufer darauf einigen, dass ich Lebens-lange

Mietfreiheit besitze. Mir lag

das Haus trotz des gravierenden Zustandes sehr am Herzen. Für mich lebt

dieses Haus, es atmet und entscheidet wen es haben will und wen nicht.

Hier haben schon einige Menschen gewohnt, die nach kurzer Zeit wieder

ausgezogen sind, weil sie krank wurden, Albträume hatten oder andere

Gründe. Manche denken es wäre auch in jedem anderen Haus so gewesen,

ich aber weiß, dass es das Haus bewirkt. Wen es nicht mag, den schickt es

wieder hinaus. Klaub denkt natürlich das ich dafür verantwortlich bin.

<< Manuel atmete lange und tief durch. Er musste sich erst einmal

innerlich sammeln, denn eine Menge Informationen prasselten da gerade in

seinen Kopf, die wie ein schlecht gemachter Film klangen. >> Das Ganze

klingt alles so fiktiv und doch wiederum so glaubhaft, wenn man sich

Klaub einmal so richtig ansieht, << sagte er. >> Aber trotzdem passt

da irgendetwas nicht zusammen. <<Sie schaute ihn mit leicht schräg

gehaltenem Kopf an und sagte >> Was denn? << Manuel grinste und

lies ein zischen zwischen seinen Zähnen hervor. >> Klaub kam damals zu

ihnen und machte den Deal, dass sie die Krankheiten wegnehmen und

dafür das Haus und Geld bekommen, aber warum hat Klaub dann immer

noch seine tausend Erkrankungen? << Sie lachte laut und sagte >>

Klaub hat gesagt, dass ich dafür sorgen soll, dass diese neu

hinzukommenden Krankheiten verschwinden sollen. Genau das habe ich

gemacht. Er hat keine neuen Krankheiten bekommen, er hat lediglich seine

bisherigen behalten. << Manuel war fassungslos. Jetzt verstand er auch,

was Klaub mit listig und Hexe meinte, auch dieses Energie aussaugen

wurde ihm nun klar. Es war nicht sie selber, sondern wie sie sagte, das

Haus. Wen es nicht mochte, den saugte es so leer, bis er freiwillig die

Flucht ergriff. Aber so was kann es nicht wirklich geben, dachte er. Es gibt

weder Häuser, die leben, noch gibt es Hexen oder irgendwelche

ausgesprochenen Flüche, die real werden oder die man zurücknehmen kann. Das wäre doch alles viel zu einfach. >> Das ist alles ein bisschen

viel auf einmal << sagte Manuel. Sie stand auf und ging in ihre Küche um

dann nach einem kurzen Augenblick mit zwei Gläsern und einer Flasche

Cola wiederzukommen. >> Ich weiß << sagte sie >> aber Sie wollten

ja einige Erklärungen haben. << Das stimmt sagte Manuel, aber eines ist

mir noch nicht ganz klar, wieso um alles in der Welt wohnt Klaub in

diesem Haus? Jeder normal denkender Mensch, würde doch nicht in die

Höhle des Löwen gehen. << >> Auch das erkläre ich gerne << grinste

sie. >> Klaub hat nachdem ihm klar wurde, dass keine neuen

Erkrankungen hinzukamen, aber die Alten auch nicht verschwanden, sein

ganzes Vermögen an Ärzte, Spirituelle und Wunderheiler ausgegeben, die

ihm weder seine

Krankheiten nehmen konnten, noch aufhalten. Seine jungen Frauen

suchten sich natürlich auch ganz schnell einen neuen Finanzier und Klaub

stand alleine da. Irgendwann versuchte er sich das Leben zu nehmen und

fuhr mit dem Auto gegen einen Baum. Der Versuch ging nach hinten los

und man holte ihn ganz schnell zurück ins Leben. Allerdings erlitt er eine

Amnesie. Eine Frau oder Kinder hatte er nicht und lediglich ein entfernter Verwandter wurde gefunden, der sich aber nicht um ihn kümmern konnte. Dieser machte jedoch den Vorschlag, um der Amnesie etwas Hilfreiches beizufügen, Klaub in ein ihm bekanntes oder gewohntes Umfeld unterzubringen. Man entschied sich für dieses Haus. Mich traf zu dieser Zeit fast der Schlag. Das ist so, als wenn man einem den Teufel persönlich vor die Haustüre setzt. Klaub kam also noch recht verwirrt in dieses Haus und wusste nicht einmal so recht, wer er überhaupt war, geschweige denn etwas davon, was er mal besaß. Zu Anfangs habe ich mich erst versteckt, wenn er im Hausflur war, um ihm bloß nicht zu begegnen, aber eines Tages stand er vor meiner Tür und bat um etwas Zucker. Er erkannte mich absolut nicht, bis er dann nach einem guten halben Jahr irgendwann einmal böse die Treppen hinunter stürzte. Er kam in ein Krankenhaus und muss durch diesen Sturz oder vielleicht war es auch der Schock, sein altes Erinnerungsvermögen zurückerhalten haben. Es gab ein großes Theater, als er aus dem Krankenhaus entlassen wurde und in seine alte Villa zurück wollte, die sich die Bank irgendwann unter den Nagel gerissen hat und zwischenzeitlich an jemand Neues verkaufte. Klaub bestand auf seine Villa

und wurde dann mit der Polizei in seine Wohnung hierher gebracht. Ich

wusste natürlich nicht, dass er sein Erinnerungsvermögen zurück hatte

und als die Polizei ihn brachte bin ich hinunter und wollte ihm eigentlich

sogar helfen, da er mir leid tat. Ich dachte er hätte in seiner Verwirrtheit

etwas angestellt und nun bringen sie ihn nach Hause. Allerdings hatte ich

mich da ziemlich getäuscht, denn er sah mich und fauchte wie eine wilde

Katze: *Du Hexe, Du hinterlistige Schlange, du bist es alles Schuld, Du hast*

mir alles genommen.. und ich dachte er hört gar nicht mehr auf. Die

Polizei brachte ihn kommentarlos in seine Wohnung. Tja und so hat es sich

bisher viele, viele Jahre verhalten. Klaub hat gemerkt, dass er keine

weiteren großen Möglichkeiten hat und damit leben muss, mit mir in

einem Haus zu leben. Weder ich werde hier ausziehen, noch Klaub, denn

er sagt dieses Haus sei immer noch seins und niemand bekäme ihn hier

heraus. << Manuel schüttelte den Kopf. Er musste das Ganze erst einmal

irgendwie verdauen. Er fühlte sich gerade wie ein Rechner, in dem

haufenweise Daten eingegeben wurden, die nun sortiert und verarbeitet werden müssen. Ihm fehlten in diesem Moment gerade die Worte und er

war sich nicht im Klaren darüber, ob seine Nachbarin ihm nun irgendeine

irre Geschichte aufbrummen wollte, die in ihren Einzelheiten zwar

nachvollziehbar war, aber dennoch erfunden sein konnte, oder aber ob es

wirklich Dinge gibt, von denen er immer gesagt hat, dass sie nur

Aberglaube und Hirngespinste seien. Das Ganze passte zu gut zusammen

als das es hätte gelogen sein können, aber letztendlich passte es einfach

viel zu gut zusammen. Er sah auf die Uhr und bemerkte, dass er über zwei

Stunden nun hier gesessen hatte. >> Wo ist eigentlich ihr jetziger Mann?

<< fragte er. Sie stand auf, streichelte über einige ihrer Krüge und sagte

dann >> Ich habe ihn gestern entsorgt.<< >> Entsorgt? << fragte

Manuel etwas schockiert. >>rausgeworfen<< entgegnete ihm seine

Nachbarin. >> Wir waren nicht verheiratet, ich habe auch nicht vor

jemals noch einmal zu heiraten. Das habe ich meinem damaligen Mann

versprochen << erklärte sie. Manuel versuchte einen etwas Verständnis-

aufbringenden Blick aufzulegen, der ihm nicht wirklich gelang, da seine

Gedanken einfach zu sehr mit allem anderem versehen waren, als das er auch noch an seiner Mimik großartig basteln konnte und lenkte in diesem

Moment ein, dass es ihm sehr leid täte, aber er nun auch allmählich mal

wieder hinunter in seine Wohnung gehen müsse. Seine Nachbarin nickte

nur und lud ihn ein jederzeit wieder zu kommen, wenn ihm nach einem

kleinen Plausch zumute wäre. Manuel bedankte sich und ging hinunter in

seine Wohnung. Als er die Türe hinter sich zumachte, fiel ihm in diesem

Moment ein, dass er eigentlich noch einmal nach diesem Geräusch fragen

wollte und vielleicht hätte er auch eine passende Antwort dazu erhalten,

aber durch die Geschichte über sie und Klaub, war ihm diese Frage total

entschwunden. Vielleicht nahm er ihr Angebot wiederzukommen in den

nächsten Tagen einfach doch wahr, dachte er und würde dann noch einmal

die Sache mit diesem seltsamen Geräusch genauer ergründen. Eventuell

bestand ja auch ein Zusammenhang mit dieser kuriosen letzten Nacht,

diesem Traum, wenn es denn nun überhaupt ein Traum war, überlegte er,

denn wenn die Story wirklich wahr wäre, die ihm seine Nachbarin erzählt

hat, dann wäre es doch gar nicht so unmöglich, dass er das von

vergangener Nacht, vielleicht nicht geträumt hatte. Der Gedanke daran, dass dies kein Traum war, sondern Realität, stimmte ihn etwas unwohl,

denn die Kreaturen, die er gesehen hatte, sahen alles andere als freundlich

aus und ganz gleich, aus welchem Grund sie aufgetaucht waren, es war zu

hundert Prozent kein guter Grund. Wieder einmal setzte er sich auf seine

Couch und lies die Gedanken noch einmal Revue passieren. Was für ein Tag

dachte er. In dieser Nacht, so dachte Manuel zumindest, würde er

wahrscheinlich gut schlafen können, auch wenn er bereits Tagsüber schon

viel geschlafen hatte, aber er fühlte sich noch immer so ausgelaugt und

geschwächt, dass er das Gefühl hatte, gleich mehrere Tage durchschlafen

zu müssen. Auch wenn er es eher für unwahrscheinlich hielt, dass sich das

von vergangener Nacht wiederholte, so wollte er dennoch kein Risiko

eingehen und sicherte sich ein bisschen vor dem Schlafengehen ab. Seine

Schlafzimmertüre ließ er diesmal offen und stellte sogar noch einen Stuhl

davor, damit sie auch nicht - von alleine womöglich-, zugehen könnte.

Würde sie zugehen oder etwas sie einfach schließen wollen, so würde er

dies auf jeden Fall mitbekommen, denn den Krach, den der Stuhl dabei

verursacht könnte, er nicht überhören. Auch die Heizung überprüfte er, sodass er weder wegen frieren noch wegen einer überextremen Hitze, wach

würde. Mit diesen kleinen Vorkehrungen legte er sich ins Bett und be-

merkte nun zum ersten Mal, das sein Rücken sich tierisch verspannt an-

fühlte. Er hatte auf den Schulterblättern ziemliche Schmerzen und egal, auf

welche Seite er sich dreht, er merkte einen Druck und ein Ziehen, sodass

er sich letztendlich einfach flach auf den Rücken legte. In seinen Ohren

hörte er ein Rauschen und zugleich auch ein helles Piepen, als wäre er auf

einem Konzert gewesen, bei dem man dann im Anschluss im Bett noch

ganz zugedröhnt ist auf den Ohren und das Gefühl hat, sein eigenes Blut im

Körper in den Ohren fließen zu hören. Der Gedanke daran lies ihn ein

wenig Ekel aufkommen und er versuchte sich mit etwas anderem

abzulenken, um so dem Geräusch im Ohr zu entfliehen. Es gelang ihm,

denn nach kurzer Zeit schlief er dabei ein. Seine Ruhephase hielt jedoch

nicht für lange Zeit an, denn vielleicht nach gerade einmal einer dreiviertel

Stunde Schlaf wurde er wache und hörte, wie jemand seinen Namen rief.

Er registrierte erst nicht so ganz, dass er sich im Bett befand und niemand

im Raum zu sehen war, jedoch nach erneutem Rufen seines Namens blinzelte er durch sein Rufen Schlafzimmer und lauschte diesmal genauer

hin, woher dieses Ruf kam. Es war stockdunkel und er fühlte sich leicht

irritiert in seinen Bewegungen. Sein Herz fing allmählich etwas schneller

zu schlagen an und genau das, was er immer an Filmen bis aufs bitterste

Verurteilte, wenn die Schauspieler sich in einem dunklen Raum oder Keller

befanden weil sie irgendetwas hörten, machte er in diesem Moment. Er rief

ein zittriges kaum lautes >> Hallo? Ist da jemand? << In dem Moment,

wo er es ausgesprochen hatte, rief er sich auch gleich wieder zur Vernunft

und ärgerte sich über seine Naivität, dass er nun genauso agiere wie die

Schauspieler im Fernsehen. >> Als wenn ein Einbrecher oder

ungebetener Gast darauf antworten würde, << dachte er. Doch im selben

Moment hörte er wieder seinen Namen >> Manuel, wach auf, Die Zeit ist

gekommen, wir brauchen Dich. << Manuel zog die Beine etwas an und

setzte sich aufrecht ins Bett. Ich versuchte in seinem Zimmer irgendwas

oder irgendwen zu erkennen, aber es war zu dunkel und mit größter

Wahr-scheinlichkeit auch niemand im Raum. Dennoch ging er wieder auf

die Stimme ein und sagte diesmal etwas beherrschter und kräftiger im Ton

>> Verdammt noch mal wer ist da? << >>Manuel, Du kannst es nicht

ewig ablegen, Du musst zurück, die Zeit ist da, Du bist mit einer der

Letzten von uns. Erinnere Dich und kämpfe mit uns gegen die Churabs.

<< Manuel reichte es, und obwohl er innerlich voller Angst war und

nicht sicher war, ob jemand im Raum war, sprang er in einem Satz aus

seinem Bett und schaltete das Licht ein. Er blendete sich dadurch selber

und versuchte mit halb zugekniffenen Augen den Raum zu durchschauen,

aber soweit er sehen konnte, war niemand außer er im Raum. Das schrille

Quietschen setzte wieder ein und dieses Mal wusste er sofort, von welcher

Stelle es herkam. Er schaute mit langsam bewegendem Kopf zum Fenster

und sah 7 oder 8 der fiesen Fratzen mit ihren blutroten Augen und den

bleichen Gesichtern, wie sie mit ihren krallenartigen Fingern an der

Scheibe kratzten. Manuel blieb das Herz fasst stehen und er wollte

Schreien, aber anstatt seines Schreis erfolgte ein greller hoher lauter

Schrei aus den Mündern der furchterregenden Wesen vor seinem Fenster.

Ihre spitzen Zähne komplettierten das Grauen, das Manuel dabei empfand.

Vielleicht war es nur eine Reflexreaktion oder eingeredetes Wissen aus irgend-welchen Filmen, aber Manuel griff plötzlich zu einem Kreuz, das an der Wand hing, und ging mit diesem nach vorne gerichtet ans Fenster.

Das Schreien dieser Biester wurde noch lauter, aber er sah auch, wie sie nach und nach von seinem Fenster wichen. Ihre Flügel erschienen riesig und waren im Gegensatz zu ihren Körper 6-7-mal so groß. Manuel blieb weiter am Fenster stehen, auch als sie nicht mehr zu sehen waren, und schaute hinaus. Es dauerte eine Weile, bis er sich wieder gefangen hatte und sein Körper an sämtlichen Stellen zu zittern anfing.

>> Verdammte Scheiße << tönte es aus ihm heraus. >> Das alles ist kein verdammter Traum, das ist Wirklichkeit. Ich will nun endlich wissen, was los ist, was soll das alles hier? Wer sind diese Biester und vor allem was wollen sie von mir? << Manuel ging mit zittrigen Beinen und das Kreuz noch fest in seinen Fingern umklammert zum Bett und setzte sich an den Rand. Sein Rücken Schmerzte noch immer und seine Schulterblätter fühlten sich an, als wenn ihm jemand mit voller Wucht davor gehauen hätte. Er hatte gerade An-gefangen sich innerlich ein wenig zu beruhigen und darüber nachzudenken, wer diese grauenerregenden Wesen sind, als

er wieder diese Stimme hörte. Sein erster Blick ging sofort zum Fenster, aber es war nichts zu sehen. Erneut rief die Stimme seinen Namen und Manuel sagte >> Wer seid ihr und was wollt ihr von mir? Die Stimme antwortete >> Manuel, hast Du denn wirklich alles schon vergessen? Ich bin es Coriel, erinnerst Du dich nicht? Allmählich müsstest Du doch Deine Erinnerungen zurück erlangt haben. << >> Ich kenne niemanden der Coriel heißt und mit Hinblick auf meine Erlebnisse hier, möchte ich das ehrlich gesagt auch gar nicht. Woran soll ich mich erinnern und vor allem WO bist Du? << Manuel bereute schon fast seine Frage nach dem *wo*, denn kurz, *nachdem er sie gestellt hatte*, postierte sich ein riesiges Wesen in seinem Schlafzimmer, mit bleichem Gesicht, unglaublich blauen Augen und enormen Flügeln, die es zusammengefaltet mit den Händen vor den Körper hielt. >> Hier bin ich, Manuel << sagte es. Manuel war in dem Moment so schockiert und gleichzeitig sprachlos, dass seine ersten Worte nur verwirrendes Zeug widerspiegelten. Er kannte dieses Geschöpf, es war das Gleiche, das in der letzten Nacht in sein Schlafzimmer kam, kurz bevor er das Bewusstsein verlor. Mit weit aufgerissenen Augen und einem erneuten Sprechversuch, der ihm dieses Mal gelang, fragte Manuel >>

Bist du jetzt wirklich real oder befinde ich mich nun inmitten einer

Psychose und bilde mir gerade die schrägsten Dinge ein? Das Geschöpf

lächelte und Manuel stellte fest, dass es nicht solche spitzen Zähne, wie

diese Biester von draußen besaß. Es hatte ganz normale Zähne, unterschied

sich von Augen und Gesichtsmimik von den anderen, die er erfolgreich

verscheucht hatte und auch die Flügel, welche zwar ebenfalls eine enorme

Spannweite zu besitzen schienen, besaßen durch ihre Form etwas

Gutartigeres, als die anderen Wesen. >> Ok, << fing Manuel an

>> Du bist jetzt hier in meinem Schlafzimmer, und wenn ich keine

Psychose oder Sonstiges habe, wirst Du mir nun sicher erklären können,

was das Ganze hier soll. Wer Du bist, wer diese Fratzengesichter da vor

meinem Fenster waren und vor allem was ihr alle von mir wollt. << Das

zarte und zugleich grazile Wesen drehte sich ein wenig herum und kam

einen kleinen Schritt auf Manuel zu. >> Mein Name ist Coriel << setzte

es mit einem leichten seufzen an. >> Ich bin ein Toran, für dich eine Art

Engelwesen, genauer gesagt ein Wächter, der darauf aufpasst, dass die

Höllenkreaturen, die Churabs, aus ihrer Welt nicht in die unsere gelangen.

Dennoch haben sie eine Lücke gefunden und zwar über diese Welt hier, auf

der Du dich nun befindest. Die Churabs waren einst Brüder und Schwestern

von uns, die sich eines Tages gegen unsere Regeln gebeugt haben und die

komplette Macht an sich reißen wollten. Sie wurden von deinem Vater

verbannt und um eine Rückkehr zu vermeiden, erhielten ein paar von uns

zusätzliche Kräfte und wurden als sogenannte Wächter postiert, zu denen

auch Du zählst, Manuel. << >> Moment, sagte Manuel, ich soll einer

von euren Wächtern sein? << Er lachte. >> Entschuldige bitte, aber

schau Dich jetzt doch einmal an und schau mich an. Ich bin ein Mensch

und kein Geschöpf mit irgendwelchen Flügeln. << Coriel schüttelte ganz

leicht den Kopf und erwiderte >> Manuel, Du bist der Sohn von Gondral

und der Einzige von uns, dem es erlaubt war, sich in Menschengestalt frei

bewegen zu können. Der Einzige, der es schafft die Churabs in ihre Welt

zurückzuschicken. Wir können sie nur bekämpfen, aber DU kannst sie

komplett zurückschicken. Es sind mittlerweile sehr viele geworden und

wir werden immer weniger, da sie unsere Schwäche herausgefunden haben und sie gnadenlos nutzen. Das wird ja immer besser << sagte Manuel.

>> Jetzt bin ich auch noch der Sohn von irgendwem, der dazu verdammt

sein soll irgendwelche abartigen Kreaturen nach Hause zu schicken? Das

ist nicht dein Ernst oder? << Der Engel schaute traurig auf Manuel herab.

>> Du erinnerst dich wirklich an gar nichts nicht wahr? << Dein Vater

Gondral, er verbannte die Churabs und es war lange Zeit Ruhe in unserer

Welt. Eines Tages kamen sie mit einer großen Armee, die wir Wächter

nicht aufhalten konnten und kämpften gegen Deinen Vater. Er hatte

natürlich große Kräfte und das Geheimnis wie man ihn oder uns Wächter

besiegen konnte, unterlag nur uns Wächtern und deinem Vater. Eines

Tages wurde dieses jedoch von einem aus unseren Reihen an die Churabs

weitergegeben. Sie kamen und rissen ihm seine Flügel herunter und

tranken sein Blut. Dadurch erhielten sie seine Macht und seine Stärke.

Bevor dein Vater starb, gab er Dir die Fähigkeit als Mensch auf der Erde zu

leben, um von den Churabs nicht gefunden zu werden. Das war die einzige

Chance Dich zu schützen und erst wieder zu holen, wenn die Churabs

vernichtet sind. Wir Wächter und alle Torans zogen in den Krieg gegen die

Churabs, aber es waren mit der Zeit zu viele von ihnen geworden, als das wir sie besiegen konnten, geschweige denn sie zurück in ihre Welt schicken. Das kannst nur Du Manuel und es ist an der Zeit, dass Du Deine Erinnerungen zurück erhältst. Deine Flügel fangen wieder an zu wachsen und Du wirst Dich verändern. Du wirst Dinge sehen und erleben, die Du Dir bisher nicht vorstellen konntest, aber sie gehören zum Prozess. Die Churabs haben Dich gefunden und sie werden nicht eher Ruhe geben, bis sie auch Dich getötet haben. Sie sind noch in dem Glauben, dass Du nicht weißt, wer Du bist und im Moment bist Du ein leichtes Opfer für sie, weil Du Deine Kräfte nicht nutzt, aber Du musst nun endlich beginnen. Ich kann Dich nicht mehr lange schützen. Letzte Nacht haben sie wieder einen Wächter von uns getötet und ihm die Flügel abgerissen. Sie erhalten mit jedem Mal, wo sie einen von uns töten, mehr Kraft und dadurch Macht. Du musst lernen Deine Aufgabe an-zunehmen und zu akzeptieren, sonst sind wir alle verloren. <<Manuel schluckte in diesem Moment erst einmal kräftig und fasste sich an seinen Rücken. >> Habe ich daher dies Schmerzen an der Schulter? << fragte er. Er stand auf und schaute seinen Rücken im Spiegel an. Was er sah, erschrak ihn. Seine

Schulterblätter waren dunkelrot und etwas wie Wölbungen, so als wolle

sich dort auf jeder Seite ein Buckel breit machen, war auf beiden

Schulterblättern zu sehen. >> Es sind deine Flügel, Manuel. Sie fangen

an zu wachsen und werden in wenigen Stunden durch Deine

Schulterblätter brechen. Es wird etwas wehtun, aber dann wachsen sie

sehr schnell und von da an kannst Du es nicht mehr abwenden. << sagte

der Toran Wächter. >> Nimm es endlich an und vertraue auf Deine

Kräfte. Je mehr Du dich sträubst, desto gefährlicher und komplizierter

wirst Du es machen. << Manuel setzte sich auf sein Bett und ließ die

Gedanken in seinem Kopf kreisen. >> Ich glaube es nicht, lies er mit

einem Kopfschütteln und unsicherer Stimme verlauten, ich bin ein Wächter

und besitze zudem auch noch irgendwelche Kräfte, um gegen abartige

Kreaturen zu kämpfen? << Manuel schüttelte den Kopf. Ihm wurde

schlecht.

Kapitel 3

Entgegengesetzt der Hoffnung, eine erholsame Nacht zu verleben und am nächsten Tag erfrischt und voller Energie aufzuwachen, wurde Manuel sich darüber bewusst, dass auch diese Nacht ein schnelleres Ende fand, als gewünscht.

Unter diesen Umständen war es ihm nicht möglich auch nur ein Auge zuzumachen und sich einem erholsamen Schlaf zu widmen. Zu viel war passiert. Zu viele Kuriositäten und unglaubliche Erkenntnisse, die auf Ihn in nur kürzester Zeit einschlugen. Immer wieder erklangen die Worte Coriel´s in seinen Ohren >> Du musst lernen Deine Aufgabe anzunehmen und zu akzeptieren, sonst sind wir alle verloren. << In Manuels Kopf kreisten unzählige Gedankengänge, so als befänden sich gleich Hunderte von Stimmen in seinem Kopf, die ihm jede Menge mitzuteilen hatten, ihm Ratschläge geben wollten und dabei wirr durcheinander sprachen. Er fragte sich in diesem Moment, ob es so den Menschen erging, die unter einer bestimmten Konzentrationsschwäche litten und unter für den normalen Menschen stressbedingten Situationen, eine bessere Konzentration finden, als bei absoluter Ruhe.

Er hatte schon öfters von dieser Erkrankung gelesen, vor allem handelte es

sich dabei um Kinder, die während sie Hausaufgaben machten, den

eingeschalteten Fernseher und — der noch zusätzlich benötigten Musik, um

sich überhaupt auf die Hausaufgaben konzentrieren zu können. Nahm man

Ihnen diese Medien jedoch weg und setzte sie in ruhige Räume, so waren

sie kaum imstande ihre Aufgaben zu lösen. Das alles sollte mit irgendeinem

Muskel hinter dem Ohr zusammenhängen, der bei diesen Menschen

ausgeprägter war als bei anderen. Für einen gesunden Menschen ist die

benötigte Stressansammlung keinesfalls als förderlich anzusehen, um die

Konzentration zu gewährleisten, aber diese Menschen benötigten dieses

durch-einander und das verarbeiten von unterschiedlichen Informationen

und Aufgaben im Kopf, um somit einen Ausgleich zu finden. Genauso wie

solch eine Ansammlung von vielerlei verschiedenen Informationen, fühlte

sich Manuels Kopf an. Nur mit dem Unterschied, dass er über-fordert und

keinesfalls ausgeglichen war.

Er war kaum imstande einen einzelnen Gedankengang klar zu fassen und

zu verarbeiten. Ihm wurde schwindelig und er spürte eine innere Hitze, die ihn dazu animierte, aufzustehen und das Fenster zu öffnen. Normalerweise

wäre ihm bei dem Gedanken an diese fürchterlichen Kreaturen sofort der

innere Drang vorausgegangen, das Fenster schleunigst wieder zu

schließen, aber irgendwie waren ihm diese hinterlistigen Biester im

selbigen Moment völlig egal. Was er jetzt benötigte, war ganz einfach

frische Luft und einen klaren Kopf. Er wusste nicht, womit er sich zuerst

auseinandersetzen sollte, ob mit seiner anscheinenden Herkunft und der

darrausfolgenden Aufgabe, oder eher mit seinen äußeren und inneren

Veränderungen. Er ging zu seinem Schlafzimmerschrank herüber, der mit

einem üblichen Spiegel versehen war und zu einem recht teuren

Schiebetürenmodell gehörte, welches er damals auf gutes Zureden und

„praktischer Nutzungsmöglichkeiten" seiner Ex Freundin, im

Möbelgeschäft kaufte. Nie wird er die Tortur des Aufbaus und vor allem das

Gewicht dieses Schranks vergessen, den Eiche so mit sich bringt. Auch

wenn er den Aufbau heute noch verfluchte und seiner Ex Freundin nur

ungern recht geben wollte, so hatte der Schrank wirklich seine Dienste bis

heute, hervorragend geleistet. Viel Stauraum war geboten und neben den beiden äußeren Schrankreihen, bot sich auch in der Mitte des Schranks

ausgiebig Platz für Anziehsachen, Bettzeug und Handtücher. Oftmals fragte

er sich, wozu um alles in der Welt eine alleinstehende Person so viele

Kleidungsstücke besitzen sollte, um den Schrank, nebst zweier Kommoden

mit Schubladen, komplett damit auszufüllen, aber andererseits wurde ihm

auch nach einiger Zeit klar, dass dies nur ein praktisches Denken seiner Ex

war. Irgendwann wären sie vielleicht einmal zusammengezogen und sie

hätte einen enormen Teil des Schrankes für Ihre Klamotten benötigt. Mit

teils unbehagenem Gefühl an die Zeit zurückdenkend, und einer leichten

inneren Schadenfreude darüber, dass sie nun ein neues Opfer finden

musste, bei dem sie sich einnistet und ihn mit irgendwelchen

„praktischen" Möbelstücken überzeugte, fiel er mit einem Seufzen wieder

zurück in die Realität. Mitten in sein Schlafzimmer, vor einem knapp zwei

Meter fünfzig langen Schrank stehend. Er zog sein Shirt aus und beäugelte

im Spiegel seinen Rücken. Genauer gesagt seine Schulterblätter, die ihm

seit einigen Stunden nun, ziemliche Schmerzen bereiteten. Einerseits

wollte er sich vergewissern, dass sich auf seinem Rücken kein

Flügelartiger Wachstum einstellte, andererseits hatte er Angst, etwas zu sehen, was ihn womöglich erschrecken würde. Er drehte sich leicht seitlich nach rechts und schielte mit rasendem Herz und langsam bewegendem Kopf über seine linke Schulter, Richtung Spiegel. Im ersten Moment hatte er das Gefühl einen dunklen Schatten auf seinem Schulterblatt zu entdecken und schaute etwas ungläubig zur Lampe und auf die umliegenden Dinge im Raum, mit denen er den Schatten zu erklären versuchte. Sodann drehte er sich auf die linke Seite, schaute über die andere Schulter und entdeckte auch dort einen recht ovalen dunklen Schatten, genau an der Stelle, an der ihn seit Stunden unbeschreibliche Schmerzen quälten. Unter anderen Umständen hätte er nun fest daran geglaubt, dass seine Augen ihm einen üblen Streich spielten oder er nervlich vielleicht etwas überstrapaziert gewesen wäre, aber nach der Aussage von Coriel, dass ihm Flügel wachsen werden und diese bald aus seinem Rücken herausschießen werden, ahnte er, nein er wusste es sogar genau, was diese Schatten auf seinen Schulterblättern bedeuteten. Fassungslos und innerlich leicht erregt, versuchte er mit seiner Hand an sein linkes Schulterblatt zu fassen. Seine Finger schwitzten und er fragte sich im gleichen Moment, ob er nun einen Schmerz fühlen wird, wenn er an seine Schulter fasst, oder ob es sich wie ein Fremdkörper anfühlen wird. Sogleich wurde ihm aber auch bewusst, dass er die wachsenden Flügel nicht als Fremdkörper ansehen durfte, denn wenn es stimmt, was Coriel ihm über seine Herkunft erzählt hatte, waren die Flügel genauso ein Teil seines Körpers, wie seine Arme und Beine. Er glitt ganz leicht mit seinen Fingern über seine Schulter und fühlte eine Mischung aus leichter Erhebung und einem kitzeln. Die Erhebung war ca. 25 cm lang und er hätte schon ein Yogaprofi sein müssen, um sich so verbiegen zu können, dass er sie komplett erfassen konnte, dennoch spürte er diese Dinger, die in Kürze seine Flügel sein werden. Er fragte sich, wie es wohl sein wird, wenn sie herausgekommen sind. Wahrscheinlich wird der Umgang mit ihnen genauso ein Lernprozess sein, wie das Laufen oder das kontrollierte Greifen nach Gegenständen, die ein Kleinkind erst einmal erlernen muss. Mit gemischten Gefühlen, bestehend aus Neugierde und Angst, drehte er sich wieder vom Spiegel um und betrachtete sich von vorne.

Erst jetzt fiel ihm auf, dass sein Gesicht eine ungewöhnliche Bleiche

entwickelt hatte und seine blauen Augen eine hellere Farbe angenommen

hatten. Er hatte ohnehin schon stark blaue Augen, die durch sein dunkles

Haar stark zur Geltung kamen und für viele Frauen auch mit großer

Wahrscheinlichkeit einen enormen Anziehungspunkt darstellten, obwohl er

sich nun nicht gerade für einen Womanizer hielt, aber nun wirkten sie

enorm blau, mit einer Farbstärke, wie man sie eher nur auf einer

Mischpalette beim Malen erreicht, oder in Form von Kontaktlinsen erhält.

Sie schienen regelrecht zu leuchten und jemand der ihm in die Augen sah,

hätte wahrscheinlich tränende Augen bekommen, durch das ultrastarke

Blau, das ihm entgegen gespiegelt wurde. Einerseits fand Manuel sein

äußeres Erscheinungsbild sehr interessant, andererseits überkam ihm

dabei ein unbehagenes Gefühl, genauer gesagt, er spürte, dass die

Veränderung eintrat und das sie zwar Neugierde in ihm erweckte, aber

auch Angst. Angst vor der Unwissenheit, Angst nicht bereit zu sein für

diese große Aufgabe.

Angst seiner Bürde nicht gerecht zu werden. Durch das Zimmer wehte ein leichter Wind und eine Stille machte sich breit, welche man teilweise nicht einmal in einer ruhigen Nacht verspürte. Kein Vogel sang, kein Auto fuhr, kein Rascheln durch eine streunende Katze oder einer hungrigen Ratte, die in den Müllcontainern nach Lebensmittelresten suchte, die so manch ehrbarer Bürger achtlos in die Mülltonne warf, war zu hören. Einfach Totenstille, bis auf das wehen des Windes. Manuel hielt ein paar Sekunden den Atem an, der in diesem Moment das lauteste Geräusch im Raum zu sein schien, und versuchte irgendein Geräusch zu orten, das ihm in diesem Moment ein Gefühl der Vertrautheit vermitteln würde, aber er hörte nichts weiter, als nur den Wind. Für einen kurzen Moment glaubte er das kreischende Geräusch der Churabs zu hören und er blickte mit rasendem Herz zum Fenster hinaus, im Glauben sie von irgendwoher anfliegen zu sehen, aber weit und breit war nichts zu sehen. Manuel schloss die Augen, atmete tief durch und versuchte sich somit innerlich zu beruhigen. Er dachte an seine Eltern, an sein Elternhaus, an Oppum, an seine Kindheit und Jugendzeit, an Geburtstage, an die Arbeit und vielen verschiedenen Dingen, die er in seinem bisherigen Dasein durchlebt hatte.

Die Bilder und Gedanken kamen und gingen so schnell, wie es Menschen

mit einem Nahtoderlebnis oftmals in Zeitschriften oder Dokumentationen

im Fernsehen, beschrieben hatten. Sein ganzes Leben spielte sich wie ein

schnell laufender Film vor seinen Augen ab. Das Seltsamste daran war, dass

er bei all den unterschiedlichen Erlebnissen keinerlei Gefühl verspürte.

Normalerweise empfindet jeder entweder Freude, Trauer oder auch Angst

sowie Unbehagen, bei dem Gedanken an den verschiedensten Situationen,

die das Leben mit sich brachte und Manuel kannte diese Gefühlsdusselei

ebenfalls, wenn er sich an das ein- oder andere Ereignis zurückerinnerte,

aber diesmal war nichts in ihm, was ihn gefühlsmäßig bewegte. Es war, als

schaute er einen Film über einen fremden Menschen, dessen Inhalt ihm

zwar bekannt vorkam, jedoch keinerlei Gefühlsreaktion in ihm bewirkte.

Mit einem Ruck öffnete Manuel die Augen und verspürte ein Gefühl, als sei

er 10 Runden nacheinander auf einem Karussell gefahren.

Alles um ihn herum drehte sich und ihm wurde schlecht, kotz schlecht,

sodass er würgen musste. Er eilte ins Bad und rechnete schon damit, dass

er es nicht rechtzeitig schaffen würde, sich über der Toilette zu entledigen, aber es gelang ihm trotz Ping Pong Lauf, den richtigen Ort im richtigen

Moment aufzusuchen. Er spülte sich den Mund aus und fühlte sich einfach

nur ausgelaugt und hundeelend. Sein Magen rebellierte, vielleicht war

auch die Pizza nicht ganz OK, dachte er und schleppte sich mit letzter Kraft

in die Küche. Während er sich an seinen Küchentresen setzte, griff er nach

der Wasserflasche und trank einen kräftigen Schluck daraus.

Eigentlich hatte er gar keinen Durst, aber sein Kopf sagte ihm, dass er

etwas trinken sollte. Er verharrte noch wenige Minuten in der Küche

lauschte unbewusst dem Ticken des Herdweckers und schleppte sich wie

ein halb sterbender zu seinem Bett. Im gleichen Zuge, während der daran

dachte, wie es wohl sein würde, wenn man in Kürze sterbe und dem

großen Boss da oben entgegentreten würde, denn genau so fühlte er sich

in diesem Augenblick, schloss er seine Augen und schlief ein. Es war 2.17

Uhr und Manuel schlief von diesem Moment an ganze 31 Stunden durch.

Hätte das Telefon am darauffolgenden Tag nicht um zwanzig nach 9

geklingelt, so hätte er wahrscheinlich noch weiter geschlafen. Manuel war

sich im ersten Moment nicht einmal darüber im Klaren, dass es bereits wieder Montag war und er auf der Arbeit sehnsüchtig erwartet wurde,

jedoch wurde ihm dies ziemlich deutlich, als ihn diese anrief. Zuerst

glaubte er an einen schlechten Scherz seines Freundes und gleichzeitig

Arbeitskollegen, aber als dieser ihm verdeutlichte, dass er doch mal auf

seinem Display nachsehen sollte, unter welcher Nummer er anrief, geriet

Manuel ans Zweifeln, dass es sich um einen Scherz handeln würde. Er sagte

<< einen Moment und machte schnell den Fernseher an, um sich davon

zu überzeugen, dass heute Montag ist, << und war extrem irritiert, als

der Teletext ihm diesen Tag bestätigte.

>> Ey Kumpel, was ist eigentlich los mit Dir? << fragte sein Freund

und hielt ihm eine kleine Standpauke darüber, dass er endlich mal zum

Arzt gehen sollte. Manuel fehlten noch immer die Worte und ihm war

unerklärlich, warum er so lange durchgeschlafen hatte, ohne einmal wach

zu werden. Er hat von Samstagnacht an, den kompletten Sonntag

durchgeschlafen und wurde erst durch das Klingeln des Telefons an diesem

Montag wach. Er hätte doch wach werden müssen, alleine schon, weil man

Hunger hat, oder etwas trinken müsste, ebenfalls für einen Toilettengang, wobei ihm direkt der Gedanke in den Kopf schoss, dass er gleich erst einmal überprüfen müsste, ob er sich nicht im Bett entledigt hatte.

Manuel meldete sich sodann erneut krank und versprach seinem Freund noch heute zum Arzt zu gehen. Nachdem Manuel das Telefonat beendete, ging sein nächster Weg zielstrebig ins Schlafzimmer. Er zog die Decke zur Seite, um sich zu vergewissern, dass ihn nach diesem Dornröschenschlaf kein unerwünschtes Malheur im Bett entstanden war.

Als er sein Bett beäugelte, in der Erwartung die Überreste von abgegangenem Urin vorzufinden, erschrak Manuel zutiefst. Nicht weil sich sein Laken mit dem Inhalt seiner Blase durchtränkt hatte, was Gott sei Dank nicht zutraf, sondern weil sein Bettlaken voller Blut war. Es war sehr dunkles Blut und ebenfalls befanden sich eine blaue Verfärbung dazwischen, so als hätte jemand blaue Tinte auf die Blutflecken geschüttet. Erst jetzt überkam ihn ein metallischer Geruch, er roch scharf und recht unangenehm, teilweise auch ein wenig süßlich.

Manuels Herz raste wie wild, er tastete sich am Körper ab, suchte dabei nach weiteren Spuren oder gar Verletzungen und eilte dann fast über sein

Bett springend, zum Spiegel um sich seinen Rücken zu betrachten. Vor

dem Spiegel stehend, bemerkte er erst jetzt, dass sein Shirt zerrissen war

und an den Seiten Fetzen herunterhingen. Er ahnte bereits, was sich bei

seiner Drehung zum Spiegel und mit Blick auf seinen Rücken, sogleich

bestätigte. In den 31 Stunden, in denen er schlief, fanden seine Flügel

ihren Durchbruch. Er zog an den herabhängenden Fetzen seines Shirts,

sodass er es problemlos nach vorne hin abreißen konnte und stand mit

nacktem Oberkörper vor dem Spiegel. Auf seinem Rücken legten sich links

und rechts die Flügel an, gleich so, als wenn ein Kücken gerade aus dem Ei

geschlüpft ist und sich das Federkleid erst entfalten muss. Die regelrecht

an und teilweise noch mit Blut verklebten Flügel, ragten von seinen

Schulterblättern bis hinunter zu seinen Waden. Sie schmerzten weder,

noch waren sie schwer, dennoch schien Manuel mit ihnen zu fühlen. Sie

waren wie ein Arm gleichzustellen und mit Nerven oder Ähnlichem

versehen, dass es Manuel ermöglichte, sie als regelrechten Teil seines

Körpers zu empfinden. Er beäugelte noch einen kleinen Moment diese

Pracht, die sich in den vergangenen Stunden mit oder auch an seinem

Körper vereint hatte und entschloss sich von einem Moment auf den anderen, duschen zu gehen.

Er wollte das Blut an seinem Federkleid entfernen und hoffte, dass danach das Verklebte an ihnen, sich entfernte.

Als er unter der Dusche stand, überkamen ihn kurz Zweifel. Was ist, wenn das Wasser die Flügel nun so erschwerte, dass er später eine enorme Last auf dem Rücken tragen musste, die er vielleicht nicht zu tragen fähig gewesen wäre, oder was ist, wenn er doch noch kleine Wunden hatte, durch den Durchbruch der Flügel und dies ihm starke Schmerzen bereiten würde. Andererseits konnte er natürlich nicht mit so einem verklebten Zeug auf dem Rücken herumlaufen. Er drehte kurzerhand den Hahn auf und war im gleichen Moment überrascht, mit welcher Leichtigkeit das Wasser an seinen Flügeln herunterperlte. Er genoss das Prickeln des Wassers auf der Haut und rieb sich mehrfach das Gesicht und die Augen. Er verspürte eine Wohltat, ein angenehmes Gefühl. Gerade als er dieses Gefühl genoss und sich das Shampoo aus den Haaren spülen wollte, geschah das, womit er eigentlich hätte rechnen müssen. Seine Flügel spannten sich in der Dusche auf, rissen dabei sämtliches Duschzeug und

das Shampoo herunter. Manuel wurde regelrecht durch die Flügelmasse

eingequetscht, versuchte umständlich den Restschaum von seinem Kopf

abzuspülen und stieg aus der Dusche. Da sein Badezimmer gerade einmal

die Größe zum Sinn und Zweck dieser Räumlichkeit besaß und seine Flügel

durch ihre Enormität sämtliche Utensilien herunter stießen, flüchtete

Manuel mit einem Handtuch bedeckt, ins Schlafzimmer. Seine Flügel waren

aufgespannt und waren von enormer Spannweite. Sie spiegelten eine

pompöse Eleganz wieder, wie man sie nur aus Büchern oder aufwendig

hergestellten Filmen über Engel kennt. Manuel betrachtete sich erneut im

Spiegel und war zum einen euphorisch, zum anderen zutiefst gerührt, über

sein strahlend weißes Federkleid, bei dem es schien, als sei es mit

Tausenden kleinen, weichen Federn besetzt. Er konnte sich nicht erinnern,

jemals zuvor solche Flügel und sei es nur auf Bildern oder in Filmen,

gesehen zu haben. Lange Zeit stand er noch total fasziniert von seinem

neuen Körperteil, vor dem Spiegel, ohne über irgendetwas nachzudenken.

Er verspürte eine innere Ruhe, Frieden und Leichtigkeit. Irgendwann riss er sich selbst aus seinem schweigenden Dasein und ihn überkam die Frage, wie er nun seine Flügel verbergen kann, geschweige denn, er findet einen Weg sie erst einmal wieder zusammenzufalten, denn er konnte sie zwar fühlen, aber er besaß noch nicht so wirklich die Fähigkeit, sie zu kontrollieren, oder sie nach Belieben ein und auszuklappen. Er versuchte zuerst sie mit den Händen herunterzudrücken, doch gestand sich relativ schnell ein, dass dies nicht möglich war, denn selbst wenn er sie herunterdrückte, so sprangen sie direkt wieder auf, wenn er die Hand wegnahm. Es musste einen anderen Weg geben und der scheinbar einzige Weg war, so schnell wie möglich die Kontrolle über die Flügel zu bekommen, wie es auch bei den Armen und Beinen sowie praktisch jedem anderen Körperteil funktionierte. Über den Geist, die innere Gedankenkraft. Er schloss die Augen, atmete tief aus und versuchte sich dabei auf seine Flügel zu konzentrieren. Ihn überkam dabei ein Kribbeln im Bauch und auch in den Armen, aber als er blinzelnd nach seinen Flügeln schaute, stellte er fest, dass sich rein gar nichts tat. Vielleicht war es nicht genug Konzentration, dachte er und versuchte es noch einige Male weiter.

Weiterhin blieb er erfolglos und hatte durch die Anstrengung, bereits

Schweißperlen auf der Stirn.

Manuel wurde klar, dass es einen anderen Weg geben muss. Diesmal ließ er

die Augen geöffnet und versuchte sich seine Flügel vorzustellen. Er dachte

daran, wie sie ausgefahren sind und wie sie nun einklappen würden. Dabei

konzentrierte er sich auf die oberste Kante an seinen Flügeln, im Prinzip

auf die Stellen, wo sie an seinen Schultern durchgebrochen waren und

hatte in diesem Moment das Gefühl den kompletten Flügel von oben bis

unten zur Spitze, zu fühlen. Genau, als er dies spürte, versuchte er seinem

Geist zu verdeutlichen, dass die Flügel sich einklappen sollten und es

gelang ihm. Wenn auch nur für einen kurzen Moment, denn sie sprangen

nach wenigen Sekunden mit einer starken Wucht, wieder auseinander.

Auch wenn es nur für einen Moment gelang, es war ihm gelungen und

sogleich war er animiert, es erneut zu versuchen und noch einmal und

immer wieder, bis er die Abstände immer länger halten konnte, in denen

die Flügel zurücksprangen. Er stand fast 2 Stunden vorm Spiegel und übte

die Kontrolle über seine Flügel, bis es ihm gelang, sie solange zurückzuhalten, wie er wollte und sie auseinander zuklappen, wann er

wollte.

Er schaffte es sogar jeden Flügel einzeln ein und auszuklappen und war am

Ende stolz, als er es endlich schaffte, seine Flügel genauso zu

kontrollieren, wie seine Arme und Beine. Er stand mit einem breiten

Grinsen und voller Zufriedenheit vor dem Spiegel und merkte erst jetzt,

das er so etwas wie einen Muskelkater in seinen Flügeln und

Schulterblättern verspürte. Er massierte leicht sein Schultern und lockerte

somit die entstandene Verspannung, die durch das ein und ausklappen der

Flügel entstanden war. >> Das ist am Anfang ganz normal und ich muss

zugeben, dass Du die Kontrolle über deine Flügel, sehr schnell erlernt hast.

<< Manuel dreht sich erschrocken herum und rechts an seiner Türe,

lehnte Coriel mit verschränkten Armen und einem leicht hämischen

Grinsen, am Türrahmen. >> Mensch, hast Du mich jetzt erschreckt <<

sagte Manuel. >> Seit wann bist Du schon hier? << Während er das

fragte, zog er noch einmal sein Handtuch fester um die Hüften und ging auf

Coriel zu. >> Schon seit Anbeginn an, seit deinen ersten Versuchen, in denen Du dich mit dem Einklappen deiner Flügel beschäftigt hast. <<

Manuel zog die Augenbraun hoch und verspürte eine ganz kleine minimale

Wut. >> So, so, du hast also seelenruhig die ganze Zeit, wahrscheinlich

mit Spaß und Freude, dabei zugesehen, wie ich mit meinem Federkleid

gekämpft habe, anstatt mir vielleicht einmal dabei ein wenig behilflich zu

sein und mir zu erklären, wie das Ganze funktioniert? << Coriel lachte.

>> Ja, das habe ich und es wird sicherlich nicht das letzte Mal gewesen

sein, wo ich dir dabei zusehe, wie Du Deine Fähigkeiten wieder

zurückgewinnst. Ich könnte Dir natürlich theoretisch dabei helfen, aber es

wäre nicht Sinn der Sache und es würde eventuell den Prozess Deiner

Lernfähigkeit behindern. Du musst es aus eigener Kraft schaffen, denn nur

so baust Du Stärke und Macht auf, die Du schon seit Ewigkeiten besitzt. Du

wirst noch vieles neu erlernen und Du wirst nach und nach Dein

Erinnerungsvermögen zurück erlangen, dass dir erleichtern wird, dich

deinen Aufgaben zu stellen und vor allem sie zu verstehen.

Ich habe dich absichtlich 31 Stunden schlafen lassen, damit Du den

Schmerz des Flügeldurchbruchs nicht ertragen musst, aber du wirst noch einige andere Unannehmlichkeiten durchleben, bei denen ich dir leider

nicht helfen kann. << Manuel schaute Coriel verständnislos an und wären

die Umstände anders gewesen, so wäre er vermutlich zum ersten Mal in

seinem Leben auf jemand anderes losgegangen, aber er hatte zu viele

Fragen und verlangte nach Antworten, als dass er nun unnötige Zeit damit

verschwenden wollte, sich mit Coriel in den Haaren zu liegen. >> Was

sind das für andere Unannehmlichkeiten, von denen du sprichst?

Wann werde ich meine Erinnerung an mein vorheriges Dasein

zurückerlangen? Werde ich meine Erinnerungen aus diesem Leben

verlieren? Wie soll ich mich meinen Aufgaben stellen und wie bitteschön

soll ich die Churabs besiegen? Vielleicht mit meinen Flügeln oder einem

Engelstanz? Ich weiß zu wenig über alles, als das ich mich meinen

Aufgaben stellen könnte? Wo liegen meine Stärken und wo meine

Schwächen? << Manuel keuchte, als er mit seinem Fragenkatalog fertig

war, und setzte sich auf sein Bett.

>> Ich weiß einfach nicht wo und wie ich anfangen soll? Ich weiß nicht

einmal, wer ich wirklich bin. << Als Manuel bei den letzten Worten zur

Tür schaute, war Coriel verschwunden. Er drehte sich um und suchte den

Raum ab, aber Coriel war nicht mehr da. >> Na Toll, was für eine tolle

Hilfe du doch bist << sagte er zu sich selbst. >> Finde es heraus,

sträube dich nicht mehr gegen deine Bestimmung und fange an, an das zu

glauben, was für dich immer unrealistisch erschien. Nur so kannst Du den

Lernprozess beschleunigen und dich besser vorbereiten << hörte er

Coriel sagen, auch wenn er ihn nicht sehen konnte. Manuel machte einen

tiefen Seufzer, schaute auf seinen Radiowecker und überlegte, wie er sich

nun kleiden konnte, damit man seine Flügel nicht sah und gleichzeitig

keinen Buckel, denn er musste auf jeden Fall zum Arzt und sich eine

Krankmeldung holen und diese aufgrund einer Erkrankung, bei der der

Arzt nicht auf die Idee kam, seinen Rücken abzuhören oder Ähnliches, das

seine Flügel hätte preisgeben können. >> Von einem Problem ins andere

<< murmelte Manuel vor sich hin und öffnete seinen Kleiderschrank, um

die idealen Anziehsachen herauszusuchen. Da Manuel noch ein paar

Stunden Zeit besaß, bevor er sich seinem Arztbesuch widmete und dem

Hausarzt seine wohlverdiente Mittagspause nicht nehmen wollte, entschloss er sich, aus dem bisherigen Szenario und den ominösen Lebenswandlungen, die er in den letzten Tagen durchlebte, zu flüchten. Er steckte seinen Gutschein für das Kaufhaus ein, um sich nun endlich einmal nach einem Kaffeevollautomaten umzusehen. Natürlich mit dem Hintergedanken vorher noch einmal einen kleinen Umweg durch den Park zu machen. Er erhoffte sich dabei, irgendeinen Hinweis oder eine Spur zu finden, die ihn näher an sein Eigentliches Ich brachte. Bevor er die Wohnung verließ, checkte er noch einmal am Spiegel sein gut getarntes Äußeres. In seinem Schrank lag seit der Trennung seiner EX noch immer ein Mieder, welches er dank seiner schmalen Figur wahrhaftig anziehen konnte, um somit seine neu erworbenen Flugglieder abzudecken. Er zog es an und war erstaunt in was für unbequeme Kleider sich die Frauenwelt hineinzwängte, nur um eine gute Figur zu machen. Darüber folgte ein hautenges Shirt und im Anschluss daran ein Hemd. Um auch wirklich keinerlei Beulen oder sonstige Hinweise auf sein Federkleid zu geben, zog er seinen langen Ledermantel drüber, der bereits seit einigen Jahren schon keine Verwendung mehr fand, aber für dieses Ereignis der ideale Überzug dar-stellte. Er beäugelte seinen Hemdkragen, ob sich auch wirklich kein

Federchen hinauswagte, und verließ sodann mit einem Routinegriff nach

seinem Haustürschlüssel, die Wohnung.

Es war 13.45. Bis sein Hausarzt die Praxis wieder öffnete, blieben ihm gut

zwei Stunden Zeit, um den Park noch einmal zu inspizieren und sich

anschließend nach einem Kaffeevollautomaten umzusehen. Die frische Luft

würde ihm sicher gut tun und seine Gedankengänge vielleicht ein wenig

klären. Enttäuscht stellte er fest, die Luft draußen stank. An sich war dies

nichts Neues und in seiner Anfangszeit tröstete Manuel sich mit dem

Gedanken, dass er diesen Gestank aus einer Mischung von nassem Hund

und verbranntem Plastik in das man eine nach faule Eier riechende

Stinkbombe geworfen hatte, irgendwann nicht mehr wahrnehmen würde,

aber dieses „irgendwann", schien eine halbe Ewigkeit zu dauern. Manuel

war jetzt nicht unbedingt der Geruchsmensch, für den ein jeder Raum und

Ort frisch und einladend riechen musste, aber er stand auch nicht

sonderlich darauf, sich in irgendwelchen penetrant unangenehmen Düften

versenken lassen zu müssen.

Er setzte sich mit einem leichten Seufzen in Bewegung und verspürte bei jedem Schritt ein Gefühl, als überkäme ihn ein Schauer. Reflexartig fasste er sich an die Stirn und an den Hals, um sich davon zu überzeugen, dass er kein Fieber hatte, denn dieser Schauer glich einem Schub aus Fieber und Schüttelfrost, stellte aber für sich selber fest, dass er kein Fieber hatte. Irgendetwas stimmte dennoch nicht mit ihm, denn bei jedem Schritt fühlte er sich, als verlasse er für eine Millisekunde das Jetzt, um im gleichen Zug in eine andere Welt einzutauchen, die er weder realisieren noch wirklich wahrnehmen konnte. Es war als setzte sein Gehirn für wenige Sekunden aus, tauchte in irgendetwas anderes ein und kam auch im gleichen Moment wieder zurück. In den Momenten des Abtauchens glaubte Manuel so etwas, wie viele dunkle Schatten wahrzunehmen, die plan-und ziellos umherirrten. Er blieb stehen, schloss bewusst die Augen und erschrak aufs Tiefste. Er sah unendlich viele Schatten, die sich zu dunklen Kreaturen entwickelten, mit Flügeln von enormer Spannweite. Um ihn herum war eine tote dunkle verrauchte Welt. Kein Grün, kein Leben zu entdecken, dass sie Natur sonst in seiner großzügigen Weise widerspiegelt. Er sah

Feuer, Rauchschwaden und erblickte inmitten des Feuers engelartige

Wesen, ähnlich wie des Wesens, dass er in der Nacht beobachtete bevor

man diesen Merkwürdigen Fund im Park machte.

Es war heiß und die Engelwesen mit ihrem zarten Ausdruck schienen

gegen die grässlichen Kreaturen zu kämpfen. Mit einem Mal sah er etwas,

dass er im ersten Moment nicht fassen konnte. Er sah Coriel, der mit all

seinen Kräften und einem riesigen Schwert, immer wieder auf die

Kreaturen zuflog und sie gekonnt durch-bohrte, bis sie letztendlich zu

Boden stürzten. Es waren viele, zu viele, als das die Engelwesen hätten mit

ihnen fertig werden können. Plötzlich schien es, als habe Coriel Manuel

entdeckt und Manuel hörte ein weit entferntes >> Maaaanuuuueeeelll, du

musst dich endlich erinnern, lass es endlich geschehen, sonst sind wir alle

verloren.

<< Vier Kreaturen steuerten in diesem Moment gezielt auf Manuel zu.

Ihre Zähne und ihr blutroten Augen zeugten von einer Grässlichkeit und

tiefem Hass, wie es Manuel noch nie erlebt hatte. Selbst in den besten

Horrorfilmen war es keinem Regisseur bisher gelungen, Kreaturen solch einen bestialischen Ausdruck zu verleihen. Manuels Herz pochte, sein Hals

schnürte sich zu und er versuchte einen lauten, wenn auch fast

erstickenden Schrei loszuwerden.

\>\> Geht es ihnen gut?, Kann ich ihnen helfen? Brauchen sie einen Arzt?

\<\< Manuel blickte in ein erschrockenes, bleiches und sehr besorgtes

Gesicht und zitterte am ganzen Leib. Er war wieder in der Realität und eine

junge Frau, Mitte zwanzig bis dreißig Jahre alt, stand vor ihm, mit einer

Hand seinen Oberkörper stützend und sah ihn fragend an.

Manuel realisierte erst langsam, dass er aus dieser grauenvollen Welt

hinaus war und sich mitten auf der Straße in Duisburg befand. Er taumelte

ein wenig und suchte halt an einer Häuserwand. Als er sich auf die

anliegende Treppe niederließ seinem Schwindel entgegenzuwirken,

schaute er die junge Frau erneut an und sagt zu ihr \>\> Danke, ich hatte

wohl einen kleinen Schwächeanfall, es geht gleich wieder \<\< Die junge

Frau musterte ihn skeptisch und fragte Manuel erneut, ob sie ihn zu einem

Arzt begleiten solle, was Manuel kopfschüttelnd abwinkte. \>\> Ich bleibe

noch einen kleinen Moment hier sitzen und dann geht es gleich wieder besser. << Die junge Frau sah Manuel noch einmal sehr prüfend an und

wünschte ihm eine gute Besserung, natürlich mit den nachdrücklichen

Worten, dass er sich lieber einmal bei einem Arzt vorstellen soll. Manuel

dankte ihr noch einmal und legte sich mit einem ausschnauben-den Laut

an die Haustür, auf deren Treppen er saß. Er konnte einfach nicht fassen,

was er vorhin gesehen hatte und sogleich wurde ihm bewusst, wie ernst

die Situation war, die Coriel ihm zuvor beschrieben hatte. Mit zittrigen

Beinen stand Manuel auf und setzte seinen Weg fort. Gedankengetrieben

von dem Er-lebten und nach Lösungen suchend, lief er wie von einer

inneren Kraft angetrieben in den Park, zu der noch immer abgesperrten

Stelle. Er registrierte weder die spielenden Kinder auf der großen Wiese,

noch das weinende Baby, das mit seiner Mutter auf der Bank saß und schon

sehnsüchtig darauf wartete, endlich seine Mahlzeit zu bekommen.

Fußgänger marschierten noch immer Hälse streckend an der mit dem

dunkelblauen Blut verschmierten Stelle vorbei und wären Sprechblasen

über den Köpfen sichtbar, so wären sie wohl mit dicken großen

Fragezeichen ausgefüllt. Ein innerer Drang sog ihn immer weiter zu der

Stelle und lies ihn ohne schlechtem Gewissen die Absperrung durchqueren.

Er kniete sich nieder und beäugelte den blauen Saft am Boden.

 Ein Kribbeln überkam ihm am ganzen Körper und wie eine gesteuerte

Maschine streckte er seinen Arm aus und legte seine Hand auf das Blut.

Seine Finger tunkten brennend darin und er zog sie mit einem klebrigen

Blutfaden wieder heraus, da es anfühlte als hätte er soeben seine Finger in

Säure getunkt. Sofort ließ der brennende Schmerz nach. >>Ob es nun an

der Luft lag oder ob sich in der Blutlache etwas Ätzendes befand? <<

überlegte er kurz. Als er es zwischen seinen Fingern rieb, bemerkte er,

welche Festigkeit es aufwies. Es glich der Konsistenz von dickem

klebrigem Leim und dennoch besaß es einen blutigen, metallischen,

sowohl auch eisenhaltigen Geruch. Im gleichen Moment bekam Ihm

plötzlich ein riesiger Heißhunger, ohne sagen zu können, worauf genau.

Er roch noch einmal an seinen blutgetränkten Fingern, bemerkte einen

immensen Druck an seinen Schneidezähnen, die plötzlich zu wachsen

schienen, und streckte seine Finger Richtung Mund. Er verspürte ein

großes Verlangen das Blut abzulecken, so als habe er tagelang nichts getrunken und nun einen Kanister Wasser vor sich stehen. Im gleichen

Moment, als er seinen Mund öffnete und das kostbare Blut ablecken wollte,

rief hinter ihm eine Stimme >>Nein, Manuel, nicht. Du darfst es nicht zu

Dir nehmen<< Er hörte noch, wie jemand hinter ihm losrannte und als er

sich umdrehen wollte um zu sehen, wer es war, wurde er auch sogleich

schon auf dem Boden zur Seite geworfen, die Hände auf dem Rücken

gehalten.   Erst jetzt schien sein Geist wieder wach zu werden und sich zu

sortieren. Die Stimme kam ihm mehr als nur bekannt vor, und obwohl

Manuel es nicht glauben konnte, dass SIE es wirklich war, traf ihn fast der

Schlag, als sie von ihm herunterstieg und er in ihr Gesicht blickte. Mit

schulenden und sogleich besorgten Augen sah sie ihn an und sagte >> Du

darfst es nicht trinken, es wird dich verändern und Dich zu etwas

außerordentlich bösem machen. Genau das ist es, was sie wollen. Du musst

der Gier widerstehen Manuel. Hörst Du?!<< Manuel sag sie mit noch

immer unfassbarem Blick an und konnte nicht glauben, dass SIE da stand

und das gerade SIE ihm so etwas erzählte. Er rieb sich die Augen und sah

in ihre kristallblauen Augen, die er schon damals so sehr an ihr liebte.

Auch trug sie noch immer dasselbe Parfüm wie damals.

Eine Mischung aus blumigem Duft, der sogleich auch etwas Süßliches

beinhaltete. >> Corinna, was machst Du denn hier und woher weiß Du

...<< Sie legte ihren Finger auf die Lippen und sagte >>Nicht hier.

Komm wir müssen hier sofort verschwinden. Lass und einen Kaffee

trinken, denn ich muss unbedingt mit dir reden.

<< Mit einem verstörten Blick stand Manuel auf und folgte ihr durch den

Park, Richtung Straße......

Fortsetzung folgt im kompletten Fantasyroman ...

-Voraussichtlicher Erscheinungstermin im März 2010-